もふもふを
vol.15
知らなかったら人生の半分は無駄にしていた

ユータ
日本の田舎から異世界に転生した少年。領主であるカロルスに助けられ、ロクサレン家の子どもとして生活している。
キース
冒険者「放浪の木」のメンバーで、ナイフの双剣使い。強面で無口だが、実はいじられやすい。

主な登場人物

チャト

ユータによって召喚された、翼の生えた猫。大きくなって飛ぶこともできる。背中に乗せるのはユータだけ。

キルフェ

宿屋兼食事処「鍋底亭」を切り盛りする森人。華奢な美人だが、中身はかなりパワフル。

プレリィ

宿屋兼食事処「鍋底亭」で主に料理を担当する森人。のほほんとした優男で、料理の時だけはきりりとしている。

タクト

元気で子どもらしく、戦いや冒険が好きなユータの同級生。カロルス様に憧れていて、Aランクの剣士を目指している。

ラキ

ユータと同部屋の同級生。ユータとタクトのまとめ＆ツッコミ役。冒険よりも素材に興味があり、加工師を目指している。

CONTENTS

もふもふを知らなかったら人生の半分は無駄にしていた

vol.15

ひつじのはね

イラスト
戸部淑

1章　メリーメリー先生の大ニュース

「「「かーんぱーい!!」」」

掲げた重いコップが、かちゃんと合わさった。冷えた中身を思い切って呷《あお》り、息を吐《つ》く。

「もう3年生かぁ」

やっと、という気もするし、先日学校に来たばっかりな気もする。

「やっとだろ!? 俺たちもう十分強いのにさ、いつまでも子ども扱いは困るぜ！　早く大きくならねえかな」

十分大きくなっていると思うけど。出会った頃はそんなに身長差がなかったはずだもの。あの頃はまさか、タクトがこんなに大きく強くなるとは思わなかった。どこにでもいる、冒険者に憧《あこが》れる少年だったはずなのに。

「だけどタクトは飛び級できないよね～。テストぎりぎりだもん～」

「いらねえよ！　俺は大きくなりてえの！　大人になってAランクになりてえの！」

ダン、と荒っぽくコップを置いたタクトを眺《なが》め、笑みが零《こぼ》れる。随分と大人っぽくなったラキに比べてしまえば、タクトはどこまでも悪ガキにしか見えない。

「Aランクには教養も必要だよ～？　大丈夫かな～？」

背もたれに深く体を預け、ラキがちらりと流し目をくれた。

「あ、当たり前だろ。……そんなの、学校に行っていたら大丈夫に決まってる」

もそもそと呟《つぶや》いたタクトが、空になったコップをいじった。カラコロと音がするのは、オレが氷を入れたから。

「うん、大丈夫。一緒に勉強すればいいよ！　だってお部屋も一緒になったんだし‼」

そう、今日からオレたちは3年生、そして部屋替えが行われた。

面倒を見る名目で今までは高学年と一緒のお部屋だったけれど、3年生で既にお世話のいらない年齢と判断されるらしい。また、学校は3年で一応の卒業資格を得るので、4年生以降は人数がガクッと減ってしまう。その人数合わせも兼ねた定例の部屋替えだ。ちなみに、3年では既にある程度パーティが固定されている生徒も増えるので、主にパーティ単位で部屋割りがなされるそう。ただし、男女は別だ。

「それはそれで、全然大丈夫じゃねえ……」

オレの満面の笑みを受け、タクトが失礼にも呻《うめ》いている。

「嬉《うれ》しく、ないの？」

不満そうな様子にあえてガッカリ顔を作ってみせると、タクトがもう一度うっと呻いた。

「嬉しくないのぉ～？」

追随するようにラキまで上目遣《うわめづか》いをしてみせるので、せっかく作った顔が崩《くず》れてしまった。しどけなく目をぱちぱちさせる様《さま》に、テーブルに突っ伏して笑いを堪《こら》える。

「……お前ら、絶対朝早く起こしてやるからな！」

息巻くタクトに、これからの日々を思ってわくわくと胸が高鳴った。

先輩たちがいなくなっちゃうのはとても寂しいけれど、お部屋が一緒じゃなくても冒険者として一緒にいられる機会もあるって教えてもらった。

まさに、こんな風に。

「タクト、２人がまともな学校生活と冒険者生活を送れるかどうかは、お前にかかっているぞ」

飲んでいるのはジュースのはずなのに、ちびちびと飲むそれはまるでお酒みたい。テンチョーさんが機嫌《きげん》よさげに口の端を上げた。

「起きないからさ～、特にユータ。本当に起きねえの！　鼻に花突っ込んでも寝てやがんの」

えっ!?　初耳なんですけど!?　何その無駄《むだ》にダジャレみたいな嫌がらせ！

「アレックスさん!?　そんなことしたの!?」

「おう、だけど起きなかったぞ！　くしゃみで花が吹っ飛んで可笑《おか》しいのなんのって……」

しれっと答える彼に盛大に頬《ほお》を膨《ふく》らませる。

「普通に起こして⁉」

「いやいや話聞いてた⁉　だからフツーには起きねえんだって！」

変なやり方だから起きないんだよ！　もう少し根気強く起こしてくれたらきっと‼

『根気強く起こしてもらおうとしないでちょうだい……。もうそろそろ、おねむの時期も終わりそうなものだけどねえ』

モモがまるで母親みたいな台詞《せりふ》でふよんと揺れた。確かに、オレもそろそろ6、7歳くらい。そのくらいならお昼寝なんて——いやいや、オレその頃だって結構寝てたと思うよ？　小学校に上がってもお昼寝が恋しかったもの。だからもう少し大きくならないことには……。

『ゆーたは大人になってもお昼寝してたよ？　ぼく、一緒に寝るの好きだよ！』

……確かに。窓を開け放して畳《たたみ》に寝転がる心地よさと言ったら！　お昼寝しているといつもシロが傍《かたわ》らに来ていたね。寝苦しいと思えば時折チャトが腹に乗っていたり。

「ユータはまだ小さいからなあ。仕方ないところもある」

「そうやって、テンチョーはユータばっかり甘やかす‼」

指を突きつけて怒るアレックスさんに、テンチョーさんはお父さんの苦笑を浮かべた。子だくさんだと大変だね。

「俺スペシャルで起こしてやる！　ま、ユータは最悪抱えていけばいいけどな！」

勘弁《かんべん》していただきたい……。タクトスペシャルは寝覚《ねざ》めが最悪だ。それに、Eランク冒険者、いいやきっともうすぐDランクの冒険者――にもなって、抱えていかれるのはちょっと。

『それが嫌なら、自分で起きられるようにならなきゃね！』

『主《あるじ》ぃ、早起きできねえと依頼だって取れないぞ！　ずっと薬草採りだぞ！』

チュー助だって起きてないくせに！　オレはずっと薬草採りでもいいもん。それにタクトがきっと依頼を取ってくるから。だってパーティは助け合い、補い合うことが必要だもんね！

頼り頼られる存在。いつかセデス兄さんに教わった言葉が頭をよぎった。いつの間にか、オレたちはちゃんとそういう関係になっている気がする。

「うん、頼るところは頼って、オレが得意なところは頼ってもらう。これが一番だよね！」

にこっとしたオレに、ラキがぬるい視線を寄越した。

「そういうことかな～？　僕、そこじゃないと思うんだけどな～」

「よく分かんねえけど、俺もそう思うぜ！」

タクトにまで同意されて、オレはそっと視線を逸《そ》らしたのだった。

『３１２』。オレたちはそう書かれたドアの前でにんまりと顔を見合わせた。

「「「ただいまー!!」」」

誰もいないと知っているけれど、大きく扉《とびら》を開け放って宣言する。そう、今日からここはオレたちがただいまを言う場所。

「ムゥムムゥ！」

ないはずの返事があって、口角《こうかく》が上がる。そうだった、ムゥちゃんはお留守番だった。

「ただいま、ムゥちゃん」

今日も葉っぱのハリは抜群、体の色つやも最高だ。ただいまの握手を交わして葉っぱを撫《な》でる。前のお部屋ではアレックスさんが怖がるから目立った動きの取れなかったムゥちゃんだけど、このお部屋なら自由だ。サンバを踊ったっていいし、ポールダンスをしたっていい。

「お、ムゥちゃんただいま！」

「ただいま〜」

2人も律儀にムゥちゃんとハイタッチ（？）して笑った。

そうだ、この3人なら、ラピスや管狐《くだぎつね》たちも姿を見せられる。いつも人目を憚《はばか》って姿を隠していたみんなも、自由に行動できる。部屋の広さは以前とさほど変わらないのでちょっと狭《せま》いけれど、オレたちが寛《くつろ》ぐ場所で、みんなも寛げる。それはとても胸が高鳴ることだ。

「いいな、こういうの。いつか、みんなで過ごせる家が欲しいね」

秘密基地はあるわけだけど、あれは基地だから！　堂々と陽の光を浴びて外を楽しめる、畑のあるお家《うち》。山も谷も近くにはないお家。

「そうだな！　いつかさ、すげー稼《かせ》げるようになったら、街外れの家とか買えねえかな？」

「パーティの家？　先は遠いね～。だけど、多少街の外でも大丈夫な気がするし～それなら安く買えないかな～」

2人の台詞に密《ひそ》かに頬を綻《ほころ》ばせた。自然と、受け入れてくれる。一緒に住んでもいいんだ？パーティで住む家……テンチョーさんたちと依頼を受けた時みたいに。一緒に蘇芳《すおう》をお風呂に入れたり、シロのブラッシングしたり。3人でお料理を作ったり。

「だけど、家買うとあちこち行きづらくなるよなー」

「普通は、定住するものだしね～」

うっとりと夢の生活を思い浮かべていたオレに、2人の台詞が突き刺さる。

「……でも！　ええと……例えば転移でその都度《つど》戻ってきたり！　あ、箱みたいなお家にして、収納に入れちゃうのはどう⁉」

単なる思いつきだけど、これはなかなかいいんじゃないだろうか。旅先でもマイホームで過ごせる、そんな贅沢《ぜいたく》があるだろうか。

「家を収納に入れるとか……オレたちまでユータになっちまうぜ」

「発想がユータすぎるよ～」

オレの名前!!　悪い意味の慣用句みたいに使わないで⁉　しみじみした2人の視線に、心から憤慨《ふんがい》したのだった。


「みんなーっ！　大ニュースだよ!!」

オレたちの胡乱《うろん》げな視線は、飛び込んできた人物に集中した。スパーンと景気よく扉を開け放ったのは、もちろんメリーメリー先生。そろそろ生徒に身長を追い越され始めた小柄な体は、弾《はず》むように教卓へ向かう。だけど、先生の大ニュースは割と日常茶飯事《さはんじ》だからなぁ……。露店の安売り情報だったり、新たな食べ合わせの可能性だったり。

全く期待していないオレたちの視線にもめげず、教卓の上でぱあっと笑顔が咲いた。

「なんと！　私たち3年生も、1年生を迎える準備を手伝うことになりました!!」

ほらやっぱり。想定内のビッグ（？）ニュースに、生徒たちの視線がぬるくなる。

「あれっ？　みんな嬉しくない？　すごいでしょ？　いつも4年生以上がやってることだよ⁇」

「それって仕事押しつけられたって言うんじゃ……」

誰かの台詞にみんなが頷《うなず》く。先生は簡単に言われたことを信じちゃうので、きっと『誇りある行事を君たちに任せる！』なんて言われたら、二つ返事で引き受けるんじゃないかな。

「今年は例年より4年生が少ないからだろうね～。残っているのは割と冒険者活動に熱心な人たちだから、そんな行事に関わっていられないってとこかな〜」

「そうなんだ！　普段は4年生がメインだったんだね」

5年生以上はそもそも人数が激減するので、学校行事を取り仕切る最高学年は基本的に4年生がメインらしい。例年より4年生が少ないってことは、今後もいろんな行事がオレたちの学年に降りかかってくるってことじゃないだろうか。

ふうん、と大した興味もなく聞き流していたら、どうも視線が刺さっている気がする。

「……え？　な、なあに？」

頬杖《ほおづえ》をついたラキの細められた瞳に、ギクリとする。これは、大体においてオレが何かやらかした時の目……。慌《あわ》てて記憶を辿《たど》ってみたけれど、最近何も話題に上《のぼ》るようなことはしていないはず……多分。

「んーん。きっと気付いてないんだろうな〜と思って〜。4年生が例年より少ない理由〜」

「そりゃあ、知らないよ？　気付くって？？　ラキは知ってるの？」

どうやらオレが何かやらかした話じゃないらしいと、ホッと力を抜いた。

「誰かさんを筆頭に、ひとつ下の学年がぐんぐん伸びてるからね〜。大きい顔ができなくなった人たちと、肩身が狭くなった人たちが多かったんだろうね〜」

「お、つまりはユータのせいか！」

のしっと背中からのしかかられて、べちゃりと潰《つぶ》れた。

や、やっぱりオレがやらかした話だった⁉　だけどそんな……そんなはず……。

ふと、脳裏《のうり》に『クラス全体を強化して紛《まぎ》れよう作戦』がよぎった。この作戦は割と成功を収めているのじゃないだろうか。一定のラインを超えると、みんな勝手に強くなっていくし。

『と、いうことは、やっぱりあなたのせいってことね』

モモの柔らかな体がふよふよと頬に触れた。うん、体だけは柔らかい。

「で、でも！　きっかけはもしかすると１００歩譲って多分おそらくオレにも関わりがあるのかもしれないけど！」

ひと息で言い切って、ひとつ頷く。

「だけど、強くなったのはみんなだから、オレだけの責任じゃないよね！」

「なんだその理屈。まあ、ユータのおかげで強くなれたんだから、文句はねえけど」

オレは、暑くて重い背中の重りを押しのけて、爽《さわ》やかな顔で微笑《ほほえ》んだ。

「ううん……強くなったのは、みんなの努力だよ。オレの力じゃない……みんなの力だから！」

「その台詞、この場面じゃなかったらもっと光ったのにね～」

ラキの声は聞こえなかったことにする。

周囲では、不満そうなクラスメイトの声と、先生の説明が続いていた。

「――あと、清掃とか飾りつけはみんなでやるとして、1年生の時ユータくんが上手に誘導してくれたでしょ？　先生感動しちゃった！　だからあんな風にしてくれたらいいと思うんだ！」

突然オレの名前が出てきて視線を戻すと、ばっちり先生と目が合った。

「お願いねっ！」

大きな瞳がぱちんとウインクをひとつ。まあ……そのくらいなら。こくりと頷いたオレに気をよくした先生が、ここぞとばかりに満面の笑みを浮かべた。

「それとね!!　今回特別にお料理を振る舞うことになったのー！　素晴らしいアイディアだと思わないっ!?　なんでもツィーツィー先生たちが分析したところによると、みんなの実力が伸びたのって美味《おい》しい食事がきっかけらしいの！　だからものは試しにってこと！」

クラス全体が、ああ……と納得の顔を浮かべる。先生はそれに釣られて引き受けたんだね。

「分析もへったくれもあるかよ……」

「そうだね～。だけど、割といいアイディアではあるかもね～。強くなったらこんな美味しいものが食べられるんだよって～。でも、それって～」

ラキとタクトが、ふいにオレを覗《のぞ》き込む。きょとんと顔を上げると、クラス中の視線もオレに向いていた。

「ということでっ！　お願いね!!　先生、お料理はダメってちゃんと自己分析してるから！」

「えぇーー!?　ふぐっ!?」

てへっと舌《した》を出した先生に抗議の声を上げようとしたところで、左右から口を塞《ふさ》がれた。

「了解了解！」

「美味しい冒険者料理作るよ～！　ユータが～！」

ちょっと!?　勝手に了解した2人に、クラスメイトが白い歯を見せてぐっと親指を上げた。

せ、責任が重い……なぜオレ？　学食のおばちゃんにやってもらったらダメなの!?

「だって学食よりユータの飯《めし》の方が美味《うま》いもん」

「それは学食の素材が悪いからだよ！」

街で売ってる安物の素材だと、どうしてもそうなるよ。きっと！

「大丈夫、作るのはちゃんとおばちゃんたちとわた……みんなが手伝うから！　お料理自体もおばちゃんたちが見てくれるって！　だけどおばちゃんたちは普通のご家庭の夫人だからさぁ、冒険者メシなんて知らないでしょ？　ユータくんの腕の見せどころだよっ！」

おばちゃんたち、料理人じゃなかったんだ。どうりでバリエーションが少……ごめんなさい。

オレ、そんな腕を披露するつもりはサラサラないんだけど。だけどみんなで作るなら、調理実習だと思えばいいか。冒険者が簡単に作れるってテーマだから、焼いた肉！　スープ！　パン！　とかでいいってことだよね。それなら美味しいも美味しくないも素材次第だ。

「そういえば、素材はどうするの？　買ってきたら意味ないよね？」

小首を傾《かし》げたオレに、先生はなんでもないことのように言った。

「大丈夫、大丈夫！　冒険者メシなんだから、そこはみんなで狩ってくることになってるから。手分けしていろんな獲物《えもの》を狩るの！」

——ガタッ!!　一瞬教室内がしんと静まったあと、みんなが一斉に立ち上がった。

「うおおお!!　狩りメイン！　狩りメインの実地訓練ってこと!?」

「やったわ！　好きなだけ獲物を狩れるのよー!!」

燃えている。みんなが燃えている。そっか、まだ仮登録やFランク辺りのクラスメイトも多いから、討伐《とうばつ》の依頼ってないもんね。学校の実地訓練もそれに合わせて、討伐訓練はまだ先の予定だったのだけど。

「みんな冒険者登録しているし、野良《のら》で経験積んじゃうでしょ？　それだとかえって危ないから、予定を前倒しして行くことになったんだ！　今後は討伐もじゃんじゃんやろうね！」

「おおー!!　って、なんでこれが大ニュースじゃねえんだよ!!　こっちだろ！　大ニュース！」

タクトの渾身《こんしん》のツッコミにクラス中が同意した。

「ちなみにランクアップの実技試験を兼ねられるから、希望者はあらかじめ言ってねっ！」

ついでとばかりに付け足された台詞で、再び教室が静まり返った。切り抜いたような空白の時間に、先生ひとりが疑問符を浮かべる。……その後響《ひび》く皆の絶叫《ぜっきょう》も知らずに。

「――よし、よしっ！　十分いける！　あと街中依頼、ちょっとこなすだけだからな！」

ギルドで現状を確認し、タクトが拳《こぶし》を握《にぎ》った。あとちょっとなのは、どうしても街中依頼が疎《おろそ》かになるタクトのために、オレたちが交互に誘った成果だよ。

「僕は今からでも大丈夫だね～」

「オレも、外の依頼をちょっとこなせばいけるね！」

メリーメリー先生の衝撃大ニュースのせいで、ギルドは午後から3年生でごった返している。

みんな、この機会にランクアップ目指して綿密な計画を立てているようだ。オレたちはそもそもランクアップ目前だったので、試験に臨《のぞ》むのに問題はない。

ちなみに、阿鼻叫喚《あびきょうかん》の生徒たちに詰め寄られた先生は相変わらずきょとんとしていた。

「ユータお前、今外の依頼って言った⁉　よし、確保‼」

「えっ？」

突如、クラスメイトにがっちり捕まえられて目を白黒させる。

「あっ！　しまった……。なら、タクトくんは街中って言ったわよね⁉　はい確保‼」

「おぉ⁉」

一方のタクトもガシッと捕獲されている。悔《くや》しげなその他生徒たちの視線の中、２パーティがそれぞれオレたちを引っ張っていく。

「頑張《がんば》って～」

見送るラキがにこやかに手を振っていた。

「――もう、説明してから連れていってよ！」

よく分からないままにギルドで手続きを済ませ、街の外まで出たところでようやくひと息吐いた。頬を膨らませたオレに、悪い悪いと軽い言葉が返ってくる。

「だって早くしないとお前を取られるだろ？　ユータと組めて、俺たちラッキーだったぜ！」

そう言われて悪い気はしない。そりゃあ、オレたちはみんなよりランクが高いもの。

「それで、なんの依頼を受けてきたの？　討伐はしないでしょう？　オレ必要？」

「採取《さいしゅ》だって危険があるだろ？　見ろよ、俺たちのパーティって３人しかいないからさ、採取中も魔物が来ねえか気が気じゃなくってさ！　見張りを２人にしたら効率悪くて」

そうなのか。オレたちのパーティも３人だけど、人数が少ないと思ったことなかったな。

「そりゃ、お前らソロのソロいけるんだもんな！」

羨《うらや》ましげな視線が集中し、紅潮《こうちょう》した頬でえへっと笑った。だって、頑張ったもの。

ソロのソロって、多分単独で外へ行って依頼をこなすことを言っているんだろう。特にタクトはよく行っているし、オレも2人と都合が合わなければ1人で行く。

一方、ラキは索敵《さくてき》の魔法を使わないし、気配《けはい》に鈍感だから1人で外に行くことはあまりない。

「じゃあ、オレは警戒していたらいい？」

オレが活躍して依頼を達成しても意味がないもの。そりゃあ、警戒の能力も必要だけど、普段きちんとやっているなら、たまには助っ人もアリだろう。

「おう！　採取依頼いっぱい受けてきたんだ！　ニブヤモギ、カブシダの実、ツブゴケ……」

誤魔化《ごまか》すようにへへっと笑う彼を、じっとり見つめる。

「大丈夫？　それ、今日中に採取終わる？」

「だ、大丈夫！　今日中は無理でも期限は長いからさ、お前がいなくてもボチボチやるよ」

あんまり自信はなさそうだけど、少々感心もしていた。だってどれも生息域が似た植物ばかり。これなら上手くいけば1カ所で全部見つけることができる。まだ小さいのに、さすがこの世界の子たちだ。

「ユータ、なんかその顔腹立つんだけど」

なぜ!?　ふくふくとした笑顔を浮かべていたのに！

「そっちの方がお前っぽい！」

頬を膨らませた顔を笑われて、オレはますますパンパンにむくれたのだった。

「――うわ。お前、すげーな。知ってたけど、すげーな」

「これ？　そりゃあ、『薬草採り』のパーティって言われていたくらいだから」

1人だけ収納に入れるのも憚られて、どんどん増えていく種々の薬草や野草の束《たば》。仕方ないので紐《ひも》で束ねては、稲を干すようにシロに引っかけている。

「それもだけど、お前魔物も狩ってるじゃん」

「お昼ごはんは早めに確保しないと不安でしょう？」

常に魔物がいるとは限らないんだから。さてお昼ごはん、となってから探すのでは遅すぎる。魔物と言っても、実地訓練でも狩っているような小物ばかりだし。

「そうだけど、そうじゃねえ……」

「なんか、ユータといると俺たちが常識人な気がしてくるよな」

そんなこと言って、彼らだって我がクラスメイトだもの、それぞれ獲物を確保しようと躍起《やっき》になっているのを知っている。

『主のクラスは着々と改革……改造？　が進んでいるな！』

『ゆうた化してるものね』

うんうんと頷き合うチュー助とモモ。それ、いい意味だよね!?

「結構静かだね！　オレ、この辺りはあんまり来ないんだよ」

「へえ」

「割と人の手が入った跡《あと》があるんだ！　ここって人気のある森なんだね」

「ああ」

「あ！　待って、あれ取ってくる！　美味しいキノコなんだ、ちょっと待ってね！」

「……」

「ちゃんと道があって歩きやすいね！　明るいし、こういう森だと散策も楽し――」

るんるんと歩いていたら、突如口を塞がれ目を瞬《またた》いた。

「……ユータ？」

「うい（はい）」

「あのな、フツーの底辺冒険者は森の中、おしゃべりしながら歩かないんだよ‼」

……そうでした。だけど、ハイキングコースみたいに気持ちのいい道だったもんだから。オレに頼らず森を行こうとする彼らを頼もしく思いつつ、すごすごとしんがりを歩く。

「――ここだ。この辺りでニブヤモギはよく見るから、ここら一帯を探そうと思う」

静かに森を進むことしばらく、森の小道を逸れ、足下がじくじくと柔らかい場所まで来た。降り積もった葉っぱだろうか、それとも苔《こけ》だろうか。水分をたっぷり含んだスポンジみたいだ。

「じゃあ、採取は俺たちがやるから、警戒頼む！」

真剣な瞳に、にこっと笑って頷いた。そわそわウズウズする肩の小さな小鳥を抑えながら。

「ティア、ダメだよ。彼らのお仕事だからね」

「ピッ……」

尾羽《おばね》を垂らしたティアは、なんとも残念そうで苦笑した。

「じゃあ、ティアとシロとチュー助で食べられる植物を探してきてくれる？　たくさんはいらないからね？　今食べる分だけ！　いっぱい採っちゃダメだよ」

低ランク冒険者も多い森だもの、１人で狩り尽くしてしまうわけにはいかない。

「ピ……ピピッ!!」

『であえであえー！　行くぞ皆の者!!』

『あえはもいっしょー！　であえー！』

チュー助！　アゲハが変な言葉覚えるでしょう！　楽しげに走っていったお散歩組を見送り、オレはちゃんとレーダーで警戒を始めた。

……とはいえ、割と暇《ひま》だ。レーダーは一定範囲ならほぼ無意識に展開できるし、傍《はた》から見れば森の中でただぼうっと立ってる幼児……。

このままじゃ役立たずで終わっちゃう！　周辺をフェンリルが走り回るおかげで、魔物は逃げていく一方だし。やっぱりちゃんと早めに獲物を確保して正解だった――じゃなくて！

「よし、じゃあせめて昼ごはんの準備でもしよう！」

――それがいいの！　美味しいごはん作るの！

『おれはここで待つ』

出てきたチャトが、近くの木の枝に陣取った。早く作れと言わんばかりのふてぶてしさだ。

『スオー、ここでいい』

オレはそこだとちょっと困るんですけど……。後頭部に貼《は》りついた蘇芳を引っぺがし、こっそり準備した調理台にちょんと座らせ、野菜スティックを渡してみた。

『ここでもいい』

大事に握ってちみちみと齧《かじ》り始めた蘇芳に微笑み、よし、と腕まくりする。

「冒険者メシも考えなきゃだし、これはいい機会だね！」

いい暇つぶ……時間の有効活用を思いついたと、オレはにんまりと笑った。

「さて、簡単に作れる冒険者メシ――ってことは、みんなが作れないとダメだもんね」

そう考えると割と難しい。だって調味料も限られるし、持参している材料も限られるだろう。

「だけど塩を振って焼く料理しかなかったら、きっとガッカリするよね」

『先の目標でいいんじゃないかしら？　冒険者として頑張ればこんな風にできるのよって』

なるほど……。じゃあ本当に簡易なものと、Ｅランクくらいなら可能だろう初級飯にすればいいかな。それだと収納袋は持っていないだろうから……。

『豪華なごはん、あった方がいい。スオーはその方ががんばれる』

『まあ、それもそうね。ちょっと手が出ないようなヨダレの滴《したた》るメニューもあっていいんじゃないかしら。ほら、目標は高くってね！』

ええ～？　それは２人が食べたい欲求に負けたわけじゃなく？　なんだか必要なメニューが増えていく気がする。ひとまず今ある食材で作れば初級飯にはなるだろう。

「あっ……」

ふいと振り返ると、せっせと採取を続ける３人の方へ歩み寄った。

「あれ、もらうね！」

「どれ？　見ろよ、思った通りここらはこの手の野草が豊富だぜ！」

彼は汗みずくになりながら白い歯を見せた。

オレはにこっと微笑んで立ち止まると、前を見据《みす》えて慎重に数歩進む。そうだね、いい場所だと思う。だけど、こうしてたくさん残っているのには、やっぱり理由があったんだね。

「……？　ユータ何やってん――」

不思議そうな声を掻《か》き消すように、ドッと地面が爆発した。飛び散る泥《どろ》をシールドで防ぎ、その塊《かたまり》を一閃《いっせん》する。

「――っ⁉」

声もなく尻餅《しりもち》をついた少年の前で、大きな魚は最期の抵抗とばかりに跳《は》ねた。

「ここ、沼になってたんだね。ごめんね、オレも気付かなかった」

レーダーででっかい魚がするする近づいてきて初めて、沼だって分かったもの。

改めて見ても、一帯は全部地面に見える。魚が飛び出してきた部分だけ、茶色い地面がゆらゆらと波打っていた。罠《わな》ならレーダーで分かるのに、こういう危険は経験を積んでいくしかないんだろうか。

「危なかったね、葉っぱや木が落ちて全然分からなくなってる。知らずに近づいていたら、沼に落ちちゃってたかも」

年齢はともかく、ランクが上のオレがリードしなきゃいけなかったのに。申し訳なく眉《まゆ》を下げながら、へたり込んだ彼に手を差し出した。

「いやいやいや、そっちじゃねえよ⁉」

「危ないのは沼じゃないでしょ⁉　魚でしょ！」

駆け寄った2人が、無事を確認するより先にツッコんでくる。

「そんなことないよ！　だってお魚は倒せるけど沼は倒せないよ！」

こういう泥の沼はとても危ないんだから。足が嵌《は》まってずぶずぶと引きずり込まれてしまう。背が立つ深さならいいけど、小さなオレたちではなかなか難しい。そりゃあ、３人同時には落ちないからまず助けられるだろうけど。

「いや俺らにこの魚は倒せねえの!!　沼は落ちても這《は》い上がれんの!!」

――ラピス、沼も倒せるの！　倒してあげるの！

待ってラピス！　お願いストップ!!　沼は倒せるだろうけど森も倒されちゃうから！

「はぁ、これがEランクってことか……」

「な、遠いぜ」

彼らがほんのりと肩を落としている。ふふふ、だってEランクだけど、きっともうすぐDランクになるからね！　頼りにしていいよ！

『うーん、君たちこれはEランクじゃないから！　参考にしちゃダメよ……ちなみにDランクでもないと思うわ』

伝わらない助言を零して、モモはへにょっと平たくなった。

ひとまず、沼の周囲にはずらりと土魔法の杭《くい》を作って目印にしておけば、今後来た人は不審に思って注意するだろう。

「じゃあ、オレはお昼の用意しているからね！」

動かなくなったお魚は、オレと同じくらいの体長がある。思わぬ収穫にほくほくだ。ハゼに似ているだろうか。ひれもお口も大きくて、カエルみたいなお顔だ。

よし、と頷いて魚に手をかけたものの……これ、持ち上げられないな。と、横から伸びてきた手が抱きかかえるように大きな魚を持ち上げる。

「はいはい。力はないのになあ。そんな見てくれでEランクかぁ」

苦笑した彼は、ブツブツ言いながら運んでくれた。いいの、召喚士《しょうかんし》なんだから力がなくたって！　それに、何を隠そうオレには収納に入れて運ぶっていう裏技《うらわざ》がある。

「お魚の解体、みんなも開くくらいならきっとできるよね。お肉はどうしようかな」

お料理はからっきしでも、魔物の解体はある程度冒険者の分野だ。絞《し》めて血抜きや、内臓を出すくらいできるだろう。お魚の下処理を済ませ、できるところから調理開始！

ランクが低いと手に入るお肉は小物になるから、少なくて硬いお肉でも食べられるよう叩《たた》いてミンチにして寄せ集める。残ったガラは匂い消しの野草とまとめて鍋に放り込み、だしになることを期待しておく。何時間も煮込めないけど、まあ、ただの水よりマシでしょう。

『ただいま〜！』

『主ぃ！　これで美味いもの作って！』

『いっぱいとった～』

賑《にぎ》やかに帰ってきたメンバーを振り返って目を瞬いた。

「おかえり……どうしてそんな泥んこ？」

白銀の毛並みを泥だらけにして、シロが嬉しげにしっぽを振った。

『いっぱい掘ったんだよ！　ティア、土の中も分かるんだね！』

なるほど、前肢《まえあし》とお顔が真っ黒なのはそのせいか。渡しておいた布袋が随分ずっしり重そうなのは、もしかして根菜《こんさい》系かな？

「わあ、お芋《いも》！　ニンジンみたいなのもある！　みんなありがとう！」

「ピピッ！」

これはいいね！　さすがはティアだ。野草ばっかり想定していたけど、根菜があればかなり満足度が上がるし、作れるメニューも一気に増える！　野草のスープが一気に豪華なものになりそうだ。それに芋系なら割とどこにでも生えている。もしかすると冒険者が落としたり放置したものから芽が出ているのかもしれないね。

炙《あぶ》っているお魚は案外しっかり脂《あぶら》が乗っていて、たれと脂が滴るたびにジッと音がする。表裏を返せば、一際《ひときわ》派手《はで》な音と共に香ばしい香りが立ち上った。

「――ユータ、もう無理」

情けない声に汗を拭《ぬぐ》って振り返ると、３人が腹を押さえてオレの手元を覗き込んでいた。

「あっ……」

しまった、大した魔物がいないと思って香りを逃がすのを忘れていた。周囲に漂う香りは、木の上にいたはずのチャトが、いつの間にか調理台にいるくらいの吸引力を持っている。

「もうできるよ！　お昼にしよっか」

にこっと笑うと、拳を突き上げて歓声が響いたのだった。


「あ、あの……だからね、どっちの方が美味しいかなって……」

おずおずと問いかけてみるけれど、それどころじゃないらしい。手も口も一揃《ひとそろ》いでは足りないらしい食べっぷりに、少々圧倒される。

本日のメニューは、まずはガラで多少だしをとって、足りない分を塩漬け肉で補ったポトフ風、かな？　乾燥トマトを入れたからミネストローネっぽくもある。ティアの選んだ根菜はさすがの一言。お芋はしっかりと芯《しん》まで味が通り、ねっちりとした食感と甘みが、優しくお腹を満たしてくれる。主食は定番の穀物《こくもつ》系保存食を戻した雑炊《ぞうすい》。お魚のだしにしようか迷ったけれど、少年たちの胃袋にはガッツリ系がいいだろうかと、こちらもガラスープを使ってみた。

さらにそぼろを入れているから、中華粥《ちゅうかがゆ》っぽく割としっかりした味わいになった。本当は白ごはんがいいけれど、お米は持ち運ぶことも、炊き上げることも難しいだろう。

そして、さっきからオレが聞きたいのはこれ。てらてらと茶色く色づいた蒲焼《かばや》きと、塩のみの白焼き。せめて反応を見ようと、次々消えていくお魚を見つめた。

「うまい！　とにかくうまい‼」

「とりあえずうまい！　やっぱお前連れてこられて超ラッキー！　茶色い魚うまっ！」

「白いのより黒いのがいい！」

半分ほどに減った時点で、やっと返事をもらえて頷いた。そうだよね、やっぱり子どもにはたれの方が人気だよね。案外泥臭《くさ》いこともなかったので白焼きも作ってはみたけれど。

「でも、そうなると調味料を持ち歩く必要があるから……そっか、比較するのも面白いかも」

材料が少なくても、普段持ち歩いているものしかなくても、色々と調理法はある。あるけど、調味料があるとないとではやっぱり雲泥《うんでい》の差だ。特に、素材がよくない上に時間をかけずに簡単にって制約があるなら。

「だけどランクを上げれば稼げるようになる！　そうすれば調味料も収納袋も買える！」

やっぱり辿り着く先はこれだ。獲《と》れさえすれば塩で焼いただけでも食べられるし、十分美味しい。だからみんなひとまず冒険に出る。でも、さらに上があるのを知ってしまったら？

比較することで明確な渇望《かつぼう》が生まれ、ぼんやりとした未来に具体的な照準が定まるはず!!

『もう何が目的で何が手段か分からないわね……』

『冒険者にどんどん主派が増えてくぜ……』

ぐっと拳を握ったオレは、そんな視線にもめげず、使命感に燃えるのだった。


「さあみんなっ！　今日は張り切っていこうね!!　試験を兼ねるみんなは、それぞれギルド員さんの言うことをよく聞いてね！」

「「「はーい！」」」

わらわらと学校保有の大型馬車に乗り込むと、気分はすっかり遠足だ。

オレたちは無事にランクアップ試験に臨めるポイントをクリアし、申請することができた。筆記試験は難しいものでもないので、これも既に済ませている。他のクラスメイトも数パーティは試験に臨めるらしく、ギルドの人や冒険者さんを含めて割と大所帯《おおじょたい》での移動だ。彼らはFランクかEランクへの挑戦だから、授業の様子を見学してもらうだけでいいらしい。

Fランク試験なら通常はギルドで能力を見る程度だもんね。そもそも今回の実地訓練自体がEランク依頼に近い内容だと思う。ギルドで試験を受ける方が安全だと思うんだけど、こっちの方が緊張しなくていいらしい。

賑やかな馬車に揺られ、昼前には広大な平原に到着した。思い思いに体を伸ばしていると、メリーメリー先生が弾むようにやってきた。

「ユータくんたちはみんなとランクが違うから、別の場所に行くことになっちゃうけど……その方が食材が色々集まっていいよね！」

そういうことじゃないと思う。目を輝かせていた先生が、次いで心細げに眉尻を下げた。

「……先生、1人で頑張ってみんなを守っているからね！　早く帰ってきてね！」

それも違うと思う……。だけど、オレたちは知っている。オレたちを庇《かば》って前に立つ、小さな頼もしい背中を。いざとなったら、先生はちゃんと頼れる人だ。いざとならないと頼れないけど……。それに、今回は冒険者さんやギルドの人がたくさんいる。生徒たちもただ大人しく震《ふる》えている存在ではなくなったしね。

「では『希望の光』メンバー、揃っていたら出発しようか。午後にはこちらに合流を目指そう」

オレたちはギルドの馬車に乗り換え、少し離れた場所で食材集め兼試験を受けることになる。本来FかEランク試験に臨むメンバーしかいないはずで、オレたちが別行動になってしまうのは想定外だったみたい。ギルドの手間《てま》を増やしてしまった。

羨ましげな視線の中、馬車に乗り込んでみんなへ手を振った——その時。

「いってらっ——ああっ!!」

ぶんぶんと手を振っていた先生が、はっと顔色を変えた。何事かと思わず身構えたオレたちの前で、力なく地面へくずおれる。

「午後……午後にならないと帰ってこない……そんな……私のお昼は……」

ぶつぶつと零れ落ちた言葉が耳に届き、みんながスンと生ぬるい視線になった。

「あ、気にしなくていいので～。行って下さい～」

「え？　い、いいのか？　先生はどうしたんだ？」

「気にしなくて、いいので～」

にっこり笑ったラキの圧《あつ》に、引率の冒険者さんとギルド員さんが気圧《けお》されるように頷いた。


「で、オレたちはどこに行くんだ？　Dランクの討伐だろ？」

「対策もいるんだから、ちゃんと聞いておかないとダメだよ～！」

まあ、タクトは多分聞いて大丈夫と思ったから忘れたんだろうね。何せ今回はタクトの得意分野、海辺の魔物討伐だもの。

「ああ、シーリザードか！　バラナスもアリゲールもあんだけ倒したんだから、余裕だろ！」

それは、決して侮《あなど》っているのではない自信。そもそも、オレたち既にDランクの魔物を倒しているもの。

『巨大アリゲールのバケモノは、絶対Dランクじゃなかったもんな！』

『そうね、アレを見ちゃうとそこらの魔物はねえ……』

うんうんと頷くチュー助とモモにくすっと笑った。油断は禁物、だけど脅威は感じない。今回は討伐というよりやっぱり『狩り』の側面が強い。みんなで食べる分の食料を集めるんだから、1匹じゃ足りない。依頼は3匹、だけどできればもう少し確保したいところだ。

シーリザードは海水に適応したイグアナっぽい魔物らしい。強さはバラナスと比べてそう変わるわけじゃないけど、舞台が海になってしまうので難易度が上がる。

「お前たち、随分幼《おさな》いが水辺の戦闘は大丈夫か？　ギルドの期待の星だと聞いているが……」

リラックスしたオレたちの様子に、ギルド派遣の冒険者さんがやや不安そうな面持《おもも》ちでこちらに視線を向けた。

「大丈夫だぜ！　水辺なら負けねえ！」

「ちゃんと情報も集めてきたんだよ！」

自信満々の笑顔を浮かべたオレに、ラキが胡乱げな目をした。

「へえ～どんな情報を集めてきたの～？」

「あのね！　陸上で長く戦闘しないこと、なるべく水中や水から上がってすぐ仕留める方がいいって。疲れさせるとダメなんだって。あとね、雷撃《らいげき》は避けること！　硬くなっちゃうし変に火が通ってしまうから。あと、しっぽが太くて形のきれいなものを選ぶのがよくて――」

得意になって語ってみせると、タクトが隣で肩を震わせている。ラキの視線がぬるい。思ったのと違う反応に、言葉を切ってきょとんと首を傾げた。

「なあ、それはなんの情報なんだ？　シーリザードはなるべく水から離して陸で戦うのが基本だし、雷撃は効果が高いが……」

訝《いぶか》しげな冒険者さんに、キッと強い視線を向けた。

「ダメだよ！　そんなことしたら身が硬くなっちゃうし、水から離してストレスを溜めると味が落ちちゃうんだ！　脂乗りと身のつき具合はしっぽで見るんだよ、あと鱗《うろこ》が均一できれいな個体が美味しいの！」

鍋底亭《なべぞこてい》のプレリィさんからしっかり教わってきたもの、間違いない。ぽかんとする冒険者さんをよそに、ぽん、とオレの肩に手が置かれた。

「ユータ、魔物討伐のために必要な情報収集っていうのはね～、食材のお取り扱いについてじゃあ……ないんだよね～」

ラキは、悲しげにゆっくりと首を振った。

あっ……？　そう、かも、しれないけど……。つい下を向いて唇を尖《とが》らせる。

「…………でも。これだって必要な情報だったでしょう……？」

ぼそぼそと訴えると、吹き出す声と共にわしゃわしゃと頭を撫でられた。

「そうだね～。今回は食材の調達が目的だもん、ちゃんと必要だったよ～」

「トカゲに負けようがねえもんな！　確かにその情報がいるわ！」

大笑いしたタクトが、がっしりと肩を組んで身を寄せた。

そうか、オレは油断していたんだな。知らず、負けるはずないと思っていた。食べることしか考えていなかった。反省するほてった頬に、小さなふわふわが触れた。すりすりと頬ずりした群青《ぐんじょう》のつぶらな瞳が、ぱあっと愛らしい笑みを浮かべてオレを見つめる。

――首と胴が離れたら大体倒せるの。細切《こまぎ》れでも、黒焦《くろこ》げでも、倒せるの。だから倒し方なんていらないの。必要なのは、どうすれば美味しく手に入るかなの。

あどけない桃色のお口から紡《つむ》がれる台詞は、まるで蛮族《ばんぞく》。こんなにかわいいのに……!!

無言で顔をすりつけると、ラピスはきゅっきゅと笑って空中を転げたのだった。


「さて、ここからは君たちが頑張らなくてはいけませんよ。私たちは手を出しませんので、十分に気をつけて下さい」

「沖まで行くなよ、どうやっても助からないからな。やめるのも勇気だぞ」

ギルドの人はオレたちがバラナスをいっぱい狩ったのを知っているので、あまり心配はしていないみたい。派遣冒険者さんは２人、あまり見ない顔だけど、Ｄランク以上の冒険者のはず。

「おう、そこで見ててくれよ！」

「行ってきます～」

「油断、しないようにするね！」

離れて見守る３人に手を振ると、オレたちは波の砕《くだ》ける岩場へ駆け出した。

足場は、悪い。転ぶだけで傷だらけになりそうな、ゴツゴツした岩とへばりついた鋭い貝。波間に見え隠れする鋭い背びれがシーリザードだろう。

「な、どうする？　作戦は？」

「そうだね～。割と近くにいるみたいだから、生け簀《す》作戦で行こうか～」

「「おっけーリーダー！」」

オレたちはにっと笑って拳を合わせた。生け簀作戦、鍵を握るのは――オレ！

「美味しいもののためには惜しみなくっ!!　行くよっ！」

気合い一発、たっぷりと魔力をみなぎらせて地面に手をついた。

「全力キッチン展開っ――特大っ!!」

生命魔法以外でこんなに思い切り魔力を使うことはあまりない。だけど、ここはケチらず使うべきところ！

思い切り注いだ魔力が海底を走り、突如海を割って海面へ姿を現したのは、巨大なキッチン台×5。それらは見事にアーチを描いて配置され、内側へシーリザードの群れを隔離した。

よし、結構な数が入ったはず！　キッチン台の囲いはU字型でこちらへ開口部を設けてあるけれど、シーリザードは警戒して陸へ上がってこようとはしない。行き交う背びれが激しく海を掻き混ぜ、白い波が立っていた。

『ねえ、普通に壁を作っちゃだめだったのかしら？　どうしてキッチン台？』

ふう、とやりきった感を滲《にじ》ませるオレに、モモが疑問を口にする。

「だって、そっちの方が慣れているから」

少々巨人サイズだったとしても、なんの脈絡もなく海に壁を作るより、キッチンを展開する方がやりやすいからね。

『俺様、海に巨大キッチン台が出現する方が、なんの脈絡もないと思う』

……最近、チュー助に正論を言われている気がして腑《ふ》に落ちない。

「ははっ！　相変わらずすげーな！　頼もしいぜ」

にっと笑ったタクトに、照れ臭くオレも笑う。久々に大きな魔法を使ったけれど、以前より楽な気がする。魔力は成長に伴って増えているだろうけど、それだけじゃない気がする。

――きっと、ラ・エンなの。ユータはラ・エンの加護も受けたからなの！

あっ！　そっか、もしかするとラ・エンは『魔』に関連が深いのかもしれない。それに多分、土の属性と相性がいいんだろう。離れた場所へ魔力を伝えたのに、随分とスムーズだった。

「タクト、ユータ、行くよ～！」

じっと泡立《あわだ》つ海を見つめていたラキが、ちらりと視線を寄越した。タクトは水中呼吸の魔道具を咥《くわ》え、不敵に笑って見せる。

「おう、いつでも来い！」

オレも魔道具を咥え、シロに跨《また》がった。

「うん、いいよ！」

「ウォウッ！」

2人で海に向かって駆け出すと、頷いたラキが砲撃魔法の構えをとった。

軽い連続音が鳴ったと思った瞬間、ボッと水面が湧《わ》き上がる。狙《ねら》い撃たれた1匹が、堪《たま》らず水面へ身を躍らせた。

「っしゃあ！　いくぜエビビ！」

返事があったかどうかは知らないけれど、腰まで水に浸《つ》かったタクトが素早く剣を振った。

「わっ！　すごい、水の剣!?」

ざぱりと水をまとった長剣は、冗談みたいな長さでもってシーリザードまで到達、見事頭を落とした。

「シロ、お願い！」

『うん！』

強靭《きょうじん》な後ろ足がしなやかに岩を蹴《け》り、一足飛《いっそく》びに海上へ飛び出した。オレは短い腕をいっぱいに伸ばして獲物に触れる。

「よしっ、収納！　１匹目〜！」

ざぶっと一瞬水面に着いたシロの足は、何かを蹴って巨大キッチン台の上へ降り立った。

『とかげさん、踏んじゃった。ふにっとしたよ』

「割と柔《やわ》いな！　どんどん来ぉーい！」

アリゲールもバラナスも硬かったから似たようなものだと思っていたけれど、どうやら防御に自信のあるタイプではない様子。だからこうして海から出ようとしないんだね。

一撃で屠《ほふ》れると判明したので、そこからは容赦《ようしゃ》なくラキの追い立てが始まった。砲撃に追い立てられ、姿を見せればタクトが斬《き》る。そしてすかさずオレが回収。

だんだん手慣れて早くなる攻撃チームに、回収チームの方が大忙しだ。水に浸かってさえいれば、タクトは近・中・遠距離全てこなせる。魔法剣とナギさんの教え、そしてエビビの導きがあれば、海での強さは相当なものだと思う。炎の剣はなかなか伸び悩んでいるらしいけど、もう水のタクトでいいんじゃないかな。

「5……ろくっ！　よし、これで6匹だろ！」

「うんっ、そのはず！　じゃあ、生け簀解除！」

巨大キッチンが砂の城のように波間に崩れて消えた。運よく残ったシーリザードたちが我先にと沖合《おきあい》へ逃げるのを見送り、オレたちはにっと笑って拳を合わせた。

「「依頼、達成！」」

依頼……いや試験は2、3匹でよかったけれど、それだとオレたちの分がない。1年生に向けて料理を振る舞うなら、せめてこのくらいは必要かと見当をつけていた次第だ。

「そうだ、試験……。試験なんだった」

食材確保という重要な任務があったから、つい試験のことは二の次になってしまっていた。そしてあんまり能力をセーブしていなかった。だけどDランクになれば一人前の冒険者。せめてギルドの人にはある程度実力を知ってもらっていた方がいいと思う。

振り返ったオレたちの目に映《うつ》ったのは、呆然《ぼうぜん》と微動だにしないギルド員さんたちの姿。

「まあ、そうなるよね～」

どうやら予測済みだったらしいラキが苦笑した。

「へへっ！　すごかっただろ！」

固まっていた人たちが、錆《さ》びついたブリキ人形みたいにぎこちなくオレたちを見た。

「な、なん……おま……どう……」

冒険者さんなんて、舌まで錆びついてしまったみたいだ。

「あの、どう？　試験、大丈夫そう？」

そつなくこなせたと思う。問題ないと思いつつ、やりすぎで減点なんてあったらどうしようと思う。じっと見つめるオレたちに、パクパクしていたギルド員さんが深呼吸した。

「――ま、全く、Dランクの能力じゃないですね……」

どきりと心臓が跳ねて、右手が知らず落ち着きを求めて隣にあった温もりに触れた。と、きゅっと握られた手に思わず見上げると、なんの心配もしていない目がいたずらっぽく笑った。大丈夫だよ、と雄弁に語る瞳に、ホッと安堵《あんど》して、ムッと腹を立てた。オレだって、別に心配してるわけじゃないもの。そんな、お兄さんぶったってダメだから。

「――Dランクなんて……。とんでもない、もっと上の実力がある。もちろんDランクの試験に落ちるわけがない」

続けられた言葉にへたり込みそうになった時、がしりと肩に腕が回された。

「そうだろ！　俺たち、結構シュラナくぐってるんだぜ！」

左からオレを覗き込んでにっと笑ったタクトに、一拍《いっぱく》置いてギルド員さんも頷いた。タクト、シュラナじゃない、修羅場《しゅらば》。安堵と共に、緊張した体からは一気に力が抜けたのだった。

「ユータ、今回割と思い切ったね～。僕てっきり普通の土壁だと思ったのに～」

ガタゴト揺れる馬車内で、思い出したようにラキが言った。

巨大キッチン展開したこと？　だからそれはその方がやりやすかったからで……そりゃあ、土壁の方が使う魔力は少ないんだけど、オレの魔力は多いから誤差の範囲だもの。

「人にあんまり知られたくないんじゃねえの？」

タクトがムゥちゃんの葉っぱを咥えながらあくびした。

「うん……でも、オレも大きくなってきたから」

そっと静かな微笑みを浮かべて、遠くなりゆく海を見つめる。

「なってねえな」

「なってないね」

即答で返ってきた返事に、たちまちオレの眉はつり上がって頬は膨らんだ。

なってるから！　その……体の成長だけじゃなくて!!　それに、王都にも心強い知り合いができたし、自信もついてきた。オレは以前ほど熱心に能力を隠そうとは思わなくなっている。

『熱心に……ねえ。隠そうとしたところで同じなら、もう諦《あきら》めていい気がするわね』

『好きにすればいい。おれはそうする』

心強い仲間がこんなにいるし、ラキとタクトもただの子どもではなくなってきた。繋《つな》がりがあるからこそ行動が制限されてしまうと思ったけれど……。繋がりが広がれば、広がっていく世界があって。繋がりが強まれば、自由になる世界があって。

「それもきっと、成長してる、ってことだよね」

「してねえ」

「してないね」

耳に飛び込もうとしたノイズを意図的にシャットアウトして、オレは満足げに頷いたのだった。

2章　冒険者メシとは

「はい、お疲れ様。ユータくんってば凝《こ》り性《しょう》なんだから〜」

「凝ってないよ！　簡単なのばっかり！」

「そうじゃないさ、おちびさんたちのメニューなんて3品もあれば豪華だってのに」

食堂のおばちゃんたちがおかしそうに笑った。そうかもしれないけど！　でも学校って素敵で楽しいところだって思ってもらいたいでしょう？　大テーブルいっぱいに並べられた料理、それは何ものにも代えがたい歓迎の表れだと思うんだ。

そう、あれやこれやとおばちゃんたちと話を詰め、たった今1年生を迎えるメニューが決定したところだ。あくまで冒険中に作れる食事だから、手の込んだものはない。一番面倒なのが唐揚《からあ》げかな。当初唐揚げはメニューに入れてなかったんだけど、絶対に入れて欲しいとクラスメイト＋先生の圧があったので……。

「揚げ物は結構な量の油が必要だから、収納袋がないと難しいと思うんだけどなあ」

魔道具はどれも金貨が必要なお値段だ。収納袋は需要が高いので買えないほどではないけれど、仮登録やそこらのレベルで買うのは難しいんじゃないかな。

「でも、あいつらみんな収納袋持ってるぜ」

「みんな、割と狩りに特化してるからね～。一般的な冒険者よりずっと収入がいいみたい～」

な、なるほど。確かに、みんなホーンマウスやクロウラビットが好きだから、素材が集まりやすいよね。受けられる依頼は薬草採りでも、その過程で獲った素材は普通に売れるから。

薬草よりも昼食用の魔物の方が高く売れるっていう……。みんな、ちゃんと薬草採ってる？

「冒険者ってお得だよな！　飯の残りが収入になるもんな！」

そんな、残飯《ざんぱん》みたいな言い方しないで⁉　だけど、お肉以外の部分も売れるのは本当にありがたい。何も無駄にしなくて済む。もちろんお肉も売れるし、解体しなくても丸ごと買い取りしてもらえるのだけど、食の魅力に取り憑《つ》かれた彼らにその選択肢はない。

『娯楽があんまりないものねぇ。『美味しい食事』に心血《しんけつ》注ぐのも無理ないわ』

それは、いいことだと思う。低ランクの冒険者は、日々生きることで精一杯。根つめて働かないと食うに困るので、否《いや》が応でもセルフブラック企業と化してしまう。

だけど、美味しい食事があれば、美味しい食事のためであれば、それはもう少し潤《うるお》いのあるものにならないかな。

「……喜んでもらえるといいな」

呟いたオレに、ぽんと手が置かれる。覗き込む2人を見上げ、オレもにっこり笑った。

「じゃあみんな！　今日は頑張るよっ‼」

いよいよ1年生を迎える当日、オレはぱちぱちとほっぺを叩いて気合いを入れた。

「すげえな、お前がちゃんと朝起きるなんて」

「1年生を迎えるだけだからね～？　そんな気合いが必要～？」

ちっとも気合いが入ってない2人に、むっと唇を尖らせた。

「だって、1年生が見る初めての先輩になるんだよ⁉　先輩と学校のイメージがオレたちにかかってるんだよ⁉」

いわばオレたちが、学校の顔になるんだから‼

「大丈夫だって、お前、先輩には見えねえから」

「むしろ、1年生と間違われないようにしないとね～」

それは……盲点《もうてん》だった。まさかオレが1年生に見えるはずはない。ないけど、おや？　そういえば1年生ってオレと同い年ってことなのでは？

＊＊＊＊＊

——どうしよう、こわい。

ごった返す校門付近で、新1年生は体を縮《ちぢ》こませた。もう、戻ってしまおうかと振り返ったものの、既に人だらけでどこから入ってきたのかも分からない。周囲はどの顔も心細げで、どんどん不安が伝播《でんぱ》していくようだった。

「ウォウッ！」

突如、重い空気を霧散《むさん》させるような、軽やかな吠《ほ》え声が響き渡った。

犬？　こんなところに？　飛び上がった1年生たちが視線を彷徨《さまよ》わせ始める。不安から好奇心に変わった瞳が、人混みの中を歩く白銀の獣《けもの》を捉《とら》えた。犬、だろうか？　想像した犬の5倍ほどの大きさに、1年生たちの腰が引ける。

「あ！　シロちゃん？　シロちゃんだ！」

「ウォウ、ウォウッ！」

明らかに安堵した声と共に、女の子が飛びついた。どうやら知り合い（？）らしい。

思い切り飛びつかれてもびくともしない犬は、嬉しげにしっぽを振って小さな頬を舐《な》める。

「あ、本当だ、配達屋さんのシロだ」

「シロちゃんだ……」

「ウォウ！」

周囲を見回して軽く吠えた犬は、ぱあっと笑った。犬が笑うなんて、知らなかった。だけど、どう見てもにこにこと振りまくような笑顔を浮かべている。強《こわ》ばっていたふくふくの頬が、次々緩《ゆる》んでいく。明るい水色の瞳は楽しげで、優しげで、その毛並みはさらさらと銀粉《ぎんこ》を振ったように美しい。おずおずと手を伸ばした数人をきっかけに、わっと1年生が群がった。

『さあさ、チビども!! 俺様についてきな! はぐれないよう手ぇ繋げ!』

突如響いた声に、犬がしゃべったかと目を丸くした面々は、その頭で飛び跳ねるネズミに気がついた。その小さな体には『スタッフ』と書かれたゼッケンが装着されている。もみくちゃになっている犬も、よく見ればスタッフゼッケンを身に着けている。

「ネズミさんが、しゃべってる……」

『無礼《ぶれい》なガキめ! 俺様は高名なる由緒正しき短剣の精、忠介——ええい、触れるでない!』

伸ばされる小さな手を片っ端からぺちぺちと叩いて、チュー助がふんぞり返った。

『ふふ、チュー助、もっと優しく言わなきゃダメだよ』

シロはたくさんの子どもを乗せたまま、そうっと一歩踏み出した。きゃーっと楽しげな悲鳴が上がり、逃がすまいとさらにたくさんの子どもが駆け寄ってくる。

『俺様は常に優しいぞ! 者ども、俺様に続けー!』

チュー助がひょい、と持ち上げた手持ち看板には、『1年生ご一行様』と書かれていた。

ゆっくりと歩き出したシロを追いかけ、1年生の塊が動き始める。

『ちゃんと、ついてく』

団体の最後尾《さいこうび》には、同じくスタッフのゼッケンと『1年生はこちら』の旗を垂れ下げ、ブルーグリーンの見たことのない生き物が浮かんでいた。ひらひらとたなびく旗をなんとか引っ張ってその生き物を捕まえようと、残っていた1年生が追いかける。みるみる校門前に人がいなくなり、所在なさげに佇《たたず》んでいた子たちも慌てて追いすがった。

シロを先頭に、1年生ご一行様はバスツアーよろしく見事校庭へと辿り着いた。一際大きくしっぽを振ったシロに、ひとり校庭にいた子どもが手を振り返している。

「みんなさすがだね、上手に連れてきてくれたね！　さあ、1年生はこっちに並んでね〜！」

どう見ても1年生のその子は、どういうわけか『スタッフ』ゼッケンを身に着けていた。

「ちゃーんとここに並べたら、この子たちが見に行くからね！」

「にゃあ」「ピッ！」

この子たち、と示された先を見て、1年生の瞳が輝いた。やる気なさそうに目を閉じた猫と、その頭で胸を張った小鳥。当然のように身に着けたゼッケンが違和感を誘う。

1年生たちが先を争うように枠内へ並び始めると、果たしてその1匹と1羽は何を言われるでもなく動き出した。

「ピッ、ピッ、ピッ！」

まるで数を数えているように、先頭から順繰りに肩を渡っていく小鳥。

猫は、ぴんとしっぽを立てて、するすると体で子どもたちの足を撫でていく。

『ほら、列を乱さないのよ！』

「わっ!?」

ついふらふらと列を離れようとする生徒に、桃色のボールがぶつかった。ふよっとした衝撃に目を瞬かせると、なんとスライムまでゼッケンを着けて列の整頓《せいとん》に当たっていた。

「ふわあ……!!」

こんな不思議なことがあるんだろうか。こんな楽しいことが日常なんだろうか。

1年生たちの瞳は星のように輝き、その頬は熟《う》れたリンゴのようにぴかぴかと輝いていた。

＊＊＊＊＊

「おい、これどこだ!?」

「ユータ、ここに置く分が足りないよ～」

1年生たちが先生のお話を聞いたりクラス分けをしたりしている間、食堂担当であるオレたちのクラスは大忙しだ。お料理自体は作って収納してあるので問題ないのだけど、一度に全部収納から出せないし、食器類と共にある程度テーブルに並べておく必要がある。鍋に入っているものはおばちゃんたちにお任せして、温めつつ取り分けてもらおう。

――ユータ、標的は第一ゲートを通過したの！

え、もう⁉　思ったより早い！　今回は校長先生の長いお話があるはずなのに。

1年生を迎えるお食事会は立食パーティ形式を採用、テーブルごとにそれぞれテーマ別でお料理を提供することになっている。

「これで全部か⁉」

「お皿《さら》足りてるよね～？」

「なんとか間に合ったね！」

ふう、と息を吐いたところで、廊下からざわざわと喧噪《けんそう》が近づいてきた。オレたちは慌てて厨房《ちゅうぼう》の方へと引っ込んで顔を覗かせる。

――接敵《せってき》構え！　3、2――今‼

ラピスのよく分からないカウントと同時に、勢いよく食堂の扉が開く。

「「「わあぁぁ～～‼」」」

きらきらした瞳が先生を押しのけるように食堂を覗き込み、一斉に歓声を上げた。その真っ赤になったほっぺに、オレたちはひとまずホッと顔を見合わせた。

あとは、先生がお料理のコンセプトを説明してくれるはず。

「はいはーい！　1年生のみんなー！　ちゅうもーく!!」

メリーメリー先生がいつものように弾みながら飛び出してきた。

「はじめましてだね！　私は3年生担当のメリーメリー先生だよ！　入学おめでとう、今日はみんなのために、先輩たちがお料理を用意してくれたんだよ！　絶対美味しいよ！」

「まあぁ……伺《うかが》ってはいましたけれど、こんなに豪華なものだとは！　素材から用意したはずですよね？　いやはや、想像の遥《はる》か上を行くとは、さすが『ドラゴン世代』ですねえ……」

1年生担当の先生は目を丸くして、並ぶお料理を見回した。

「えへっ！　そうでしょう！　うちのクラスはすっごく料理が上手なんですよ!!」

「あ、いや、そこじゃなく……もないですが」

ねえ今、妙な言葉がなかった？　聞き違いじゃなければ『ドラゴン世代』って……？　いつの間にそんな恥ずかしい名前がついたの!?

「聞いたか？　ドラゴンだってよ！　俺たちのことだよな！」

ぱっと顔を輝かせたタクトが全身で喜びを噛みしめている。

「世代、って言うけど僕たちの学年を指すみたいだよ～。まあ主に僕たちのクラスだけど～」

得意そうなみんなの顔を見て、オレは懸命に口をつぐんだ。嬉しいかな……。そりゃあ、ゴブリンって言われるより嬉しいと思うけど。せめて違う呼び名にして欲しいところだ。

『ネーミングについて、あなたにだけはとやかく言われたくないと思うわ～』

モモが失礼なことを言っている間に、立食パーティ形式の説明が終わったみたい。好きに取っていいと聞いて、1年生たちの瞳がぎらりと光った。

「で、あとは……そうそう、このテーブルはそれぞれ意味があるんだよっ！」

最初の小テーブルにちまっと置かれているのは、最もオーソドックスな保存食……のみ。ここは学生ランクのテーブルだ。一応置いてあるけれど、興味本位で齧るくらいだろう。

次は仮登録ランクのテーブル。保存食で作ったお粥、野草のサラダ。続いてFランクのテーブル。保存食の雑炊、お芋と野草のスープ、焼いたり蒸《む》したりした小型魔物のお肉。

そして一番大きなEランクのテーブル。Eランク冒険者なら狩りもできるし、大なり小なり収納袋を買える可能性が高いと踏んで、普段通りの種々のお食事が並んでいる。つまりここがメインテーブルだ。他のテーブルはサンプルみたいなもの。

ランクが上がればどうなるか、一目瞭然《いちもくりょうぜん》にしてみた。目標は、具体的な方がいいと思うから。

「——という風に順番に冒険者ランクで分けていってね、それでこれ……えっと、それでね……」

ちらっちらっ。メインテーブルの説明をしようとした先生が、あわあわと口ごもった。やたらとオレに視線を寄越している気がする。

「ユータ、説明してあげて～」

ため息を吐いたラキが、ぐいとオレを厨房から押し出した。え、先生、説明を忘れた？

「ユータくん！　そう、この子がお料理を作ってくれたユータくんだよ！　先生の代わりに説明してくれるからね！」

あからさまにホッとした先生が、オレを1年生の前へ引っ張り出した。ざわつく1年生たちから、あの子も1年生でしょ、なんて声が聞こえる気がする。違いますけどぉ！

「えっと……じゃあ先生の代わりに説明します。こちらのテーブルでは調味料の大切さを知ってもらうため、さらに中央を挟んで左右で味付けを変えています。塩のみと、各種調味料を使用したもの。そのままでも美味しい、だけど調味料があれば……？　最小限にすべき荷物の中で、皆さんが何を選択するのも自由です。ですが、遥か彼方の栄光より、手を伸ばせば届くところにある美味しいごはん。それが活力や希望になることもある」

ちらっと振り返ると、オレたちのクラスがみんな大きく頷いていた。

「オレたちは、そう思っています。だから、オレたちが獲って、料理した食事を振る舞います。あのね、このくらいなら、頑張ればできるようになったんだよ。ねえ、この味を覚えていて」

にこっと微笑むと、やや呆気《あっけ》に取られていた1年生が料理を見つめた。今までの視線とわずかばかり変わった真剣な瞳に、もう一度微笑んでそっと厨房に戻る。

「はいはいっ！　みんなちゃんと聞いたかな？　じゃあ、食べよっか！」

どうぞ、の声と共に、1年生たちが一斉にスタートダッシュした。一応、見た目にも気を配ったつもりだったけれど、そんな意味があったのかなかったのか。見る間に崩れていくお料理と裏腹に、オレたちはにんまりと口角を上げてハイタッチを交わした。

「ドラゴン世代の黒髪……！　あれが噂《うわさ》の……。この子たちと同じ歳《とし》のはずじゃ……」

ただひとり、1年生の先生だけが呆然と佇んでいたのだった。


「楽しんでもらえたかなぁ……」

オレは木漏《こも》れ日を見上げて呟いた。

『あれだけピラニアのように群がっていたんだもの、ひとまず喜んではもらえたはずよ』

『美味い飯を出されて嬉しくないはずはないぜ！』

『そうらぜ！』

チュー助とアゲハがシャキーンとポーズをつけた。アゲハ、できればチュー助の言葉遣いを真似《まね》して欲しくはないいんだけど。

「2人も美味しかった？」

『とーぜんだぜ！』

『あえはもらぜ！』

くすくす笑って小さな2つの頭を撫でると、きゃーっと胸元に飛び込んできた。

「ルーはどう？　美味しい？」

もくもくと食べる振動が背中から伝わってくる。

「いつもと変わらん」

まあ、いつもと同じ料理だからねえ。

「じゃあ、いらない？」

「別に。——食い終わってから言うな」

そんなこと言って、慌てて掻き込んだでしょう。返す気なんてなかったでしょう。

ごはんが美味しいのは、それだけで幸せだ。みんながみんな冒険者になるわけじゃないけれど、できれば、1年生たちもそう思って欲しい。

心の余裕って、幸せの分生まれるんじゃないだろうか。ひとかけらの幸せが、自分や、他人を救うことだってあると思うんだ。

『じゃあぼく、心は余裕でいっぱいだよ！　余裕しかないよ！』

そうだね、シロはいつも余裕でいっぱいだ。だから、こうやって周りに配って回れる。

『なら、お前も余裕だらけか？』

チャトが、じっとオレの瞳を覗き込んだ。

「そう……そうかも！　でも、その言い方はなんか違う気がする！」

なんだか、隙《すき》だらけって言われてるみたいだ。ルーに体を預けたまま足をばたつかせると、金の瞳が迷惑そうにオレを見た。

ルーは、まだ余裕だらけじゃない、よね？　だけど、最初の頃よりずっと、余裕があると思うんだ。

余裕でも、隙でもいい。それがオレのせいであったらいいな、なんて思って笑う。

だけど、贅沢を言うなら――それは、『幸せ』であったらいいな。

だから、オレは大きな体を強く抱きしめたのだった。オレの分を、少しでもルーに分けてあげられるように。

3章　きらきらの日常と先の楽しみ

　手に優しい木製のカップに、よく冷えた果物《くだもの》ジュース。オレたちは何度目かの乾杯をして中身を呷った。とろりとした果汁《かじゅう》が、浮かれた体をほどよく冷やしていく。

「お……おめでとう……くそー！」

「ユータたちがDランク……や、分かってたけどさ！　でもぉ！」

「ついにこの時が……」

　今日は『草原の牙《きば》』が奢《おご》ってくれると言ったものの、ニースたちはテーブルに突っ伏してどんよりとしている。彼らはずっとCランクへ挑戦しているものの、まだランクアップには遠いらしい。オレたちは先日の試験を好成績でクリアし、無事に彼らと並ぶDランクとなった。

「はあ、Cランクもお前らに先越されそうだな！　ほら、食え食え！」

　押しつけられるままに骨付き肉を受け取り、むちっと囓った。ふんわりといい香りがする。きっと香草を浸け込んだオイルでマリネしてあるんだな。さすがは『鍋底亭』だ。

「実力的に明らかに君らの方が上って分かってるのよ？　分かってんだけど……このーっ！」

「こんなに小さいのに」

ルッコとリリアナに掻き混ぜられた髪の毛が、もさもさと逆立った。

「兄ちゃんたちは、なんでランクアップできねえんだ？」

素直に口にしたタクトに、オレとラキは思わず口に入れたものを吹き出してしまう。

「なんでって⁉　実力が、ないのよおぉー‼　言わせないでっ！」

「おーまーえー！　言っとくけどなぁ！　普通はそんなほいほいランク更新していけるもんじゃないんだからな‼　俺たちの出来が悪いんじゃねえーから！」

「……まあ、つまり出来がよくもない」

失言したタクトは両側からほっぺを引っ張られて涙目《なみだめ》になっている。うむ、甘んじて受けたまえ。だけどニースたち、ちょっとパーティが偏《かたよ》ってるからなあ……。まずそこをなんとかしないといけないんじゃないだろうか。魔法使いがいないCランクパーティっているのかな？せめて魔法剣とか、魔法系統を使える従魔《じゅうま》とか、物理攻撃以外の手段も必要じゃないかな。

「Bランクとか言わねえからさー。Cランクにはなりてえよぉー」

「そんなこと言ってるからランクアップできないのかも⁉　目指すならAランクとかさ！」

「無謀《むぼう》な目標」

一滴も飲んでいないはずなのに、まるで酔っ払いみたい。泣きながらオレに頬ずりするニースを押しのけ、乾いた笑みを漏らした。

「ほら、これは店の奢りだよ！　あんたらも情けない顔してないで食べな！」

でんと置かれた大皿には、幾何学《きかがく》的な模様を描いて小さな焼き菓子が並べられている。

「わあ、キルフェさんこれ新作？　美味しそう！」

「そ、坊やはさすがだね！　こないだ森で木の実がたくさん採れたからさ！」

これはクルミかな？　クッキー生地《きじ》に立派なクルミがひと粒ずつ載《の》った、５００円玉より少し大きいくらいのごくシンプルなお菓子だ。クルミは丁寧《ていねい》にキャラメリゼされて飴色《あめいろ》に艶《つや》めいて、フロランティーヌみたいなものだろうか。クッキー部分が薄いのは、この立派なクルミを味わうためかもしれない。クルミと同程度の大きさに成形されているのも、こだわりを感じる。

カリリ、歯を立てると小気味《こきみ》よい歯ごたえと甘みが広がった。微《かす》かな苦《にが》みと塩気が対《つい》を成してそれを引き立てるのは、さすがプレリィさんだ。バターとクルミの香りがあとから鼻を抜け、素朴なお菓子が腕ひとつでこんなに違うんだと思い知らされる。これぞプロのお仕事だ。

「菓子ひとつで、あんたはいい顔するねえ」

若干呆《あき》れた声で頬をつつかれ、感じ入っていたオレはキルフェさんを見上げた。

「だって、美味しいんだもの。この木の実、立派だね！　森で採れるの？」

「そうさ、場所を教えてあげようねえ！　あ、礼は結構だよ。ついでに収穫を頼むからね！」

からからと笑ったキルフェさんを見て、ふと気がついた。

「ねえ、キルフェさんって魔法使いだよね？　冒険者ランクは？」

以前、森で出会ったことがある。１人で森へ入れる魔法使いなんて、腕がいいと思うんだ。

「ランク？　あたしは冒険者じゃないからねぇ、登録してないよ！　自分が店で使う材料を採りに行くだけだから、必要ないさ」

「えっ？　そうなの!?」

これってもしかして……すごい巡《めぐ》り合わせなんじゃ!?　興奮したオレたちは、急いでニースたちに視線をやった。

「えー何コレ！　お上品！　うんまいじゃない！」

「上品と思うなら上品に食えよ！　そんなに両手いっぱい掴《つか》むな！」

「私はお代わりを所望《しょもう》する」

……ねえ今、すっごく大事なやり取りだったと思うんだけど。

「そういうところだよね～」

「あー、俺もなんとなく察したわ」

注がれる視線の温度にも気付かず、お菓子に夢中な３人。ちょっと、全部食べないでよ!?

「……なあ兄ちゃんたち、キルフェさんに『草原の牙』に入ってもらったらいいんじゃねえ？」

タクトのストレートな物言いもたまには役に立つ。

「「「えっ？」」」

「え？　あたしが？」

お菓子を奪い合っていた３人とキルフェさんが目を丸くした。

「え？　キルフェちゃんって戦えるの？　だって狩りとか、ギルドに依頼してるよね？」

おずおずと問いかけたルッコに、キルフェさんが肩をすくめた。

「そりゃ、魔法使い１人で狩りは無謀だからね。店もあるし、依頼した方が確実だろうさ」

「「「魔法使い⁉」」」

３人は声を揃えて立ち上がった。そこも聞いてなかったの⁉

「俺たち、魔法使い探してたんだよ！　頼む！　俺たちのパーティに入ってくれねえ？」

「たまにでもいいの！　細々《こまごま》した依頼はあたしらが片付けられるから！」

「完全歩合《ぶあい》制、休暇は応相談」

３人に縋《すが》りつかれて、キルフェさんが困った顔だ。

「あたしが⁉　冒険者じゃないって言ってるだろう？　それに店を放り出すわけには……」

「でもお店、経営厳しいんでしょ～？　その場合、副業で稼ぐのも当然アリじゃない～？」

ラキの台詞に、うぐっと詰まった。そもそもお店っていってもお客さんほとんど来ていないんだから、プレリィさんがちゃんと起きて対応していたら問題ないと思う。

「キルフェ、いいよ？　ずっとこんな店でこもってないで、外に行くことも勉強じゃないかな。お客さん来ないし。元々1人でやっていたんだから、大丈夫だよ？」

　ある程度片付けを終えたらしいプレリィさんが、カートを押して紅茶を配ってくれた。

「プレリィさん、元々1人でお店やってたの？」

「そうだよ。食うに困ったら外で何か採ってくればいいし、僕はたまに誰かが来てくれたらそれでいいんだ」

　もしかしてプレリィさんも戦えるのかな。彼なら何を採ってきても美味しく調理できそうだもの、確かに生きるのに困らないかもしれない。

「そんなだから、あたしが来たんじゃないか！　もったいないって、その腕が！」

「ありがとう、だけどもう十分腕も振るったからねぇ。君はまだ若いんだから、色々やってみるといいよ」

　悔しげなキルフェさんだけど、プレリィさんはどこ吹く風だ。

「若いって……プレリィさんも若いだろ？　2人は同じくらいじゃないのか？」

　首を傾げたタクトに、プレリィさんが「あーあ」と言いたげな顔をする。

「なっ……!?　同じくらいだって!?　冗談はよしとくれよ!!」

　目を剥《む》いたキルフェさんが詰め寄った。あー、森人《もりびと》だもんね。森人の年齢はオレたちには見た目じゃ分からない。だってメリーメリー先生だってあんなだけど、すごい年齢のはずだ。

「倍！　倍は違うから!!」

「「「ええぇ～!?」」」

全員の声が揃った。テーブルを叩いて怒るキルフェさんは、見た目20代そこそこ、プレリィさんは落ち着いているのでもう少し上に思えるけれど、それでも30代までに見える。

「あはは、この子は姪《めい》っ子だよ。跳ねっ返りでね、森を飛び出してここへ来ちゃったんだよ」

淡《あわ》いグリーンの瞳が気遣わしげな光を宿して彼女を見つめた。

「退屈だからってここまで来たんだろう？　危険はあるけど、やってみたらどうかな？　僕も君をここへ縛りつけているのは心苦しいよ」

「そ、そうだよ！　退屈だったからで……それだけで……」

視線を彷徨わせたキルフェさんに目を細め、ラキが耳打ちするように言った。

「……たまにでもいいって言ってるし、店は続けられるんじゃない～？」

ピクッ
「上手くいけばお店続けながらいい素材を集められて、なおかつ収入が得られるっていう～。お店をする人なら感謝するだろうな～」

ピクピクッ

「そして冒険者なら――」

ぼそぼそぼそ。真剣な顔で耳打ちを聞いていたキルフェさんが、突如燃え上がった。

「やってやろうじゃないか！　あたしでよければ受けて立つよ!!」

ど、どうして急にやる気になったの!?　ラキ、何を吹き込んだの!?

「え？　え？　本当!?　やったー！　何がどうなったかサッパリだけど嬉しい～！」

「これは僥倖《ぎょうこう》」

「まーじで!?　なんか分かんねえけどやったー!!」

きょとんとしていた３人が、降って湧いた幸運に諸手《もろて》を挙げて喜んだ。

「なあ、お前、キルフェさんになんて言ったんだ？」

「別に～？　プレリィさんも喜ぶだろうな～とか、リスクもあるから心配されるかもね～ってことを伝えただけだよ～」

「それだけ？」

それのどこが琴線《きんせん》に触れたんだろうか。オレとタクトは顔を見合わせて首を傾げた。

「……あ、あれ？　すげー嬉しいけど、俺の立場ますます弱くなるんじゃ……」

我に返ったニースの呟きは、誰にも拾われることなく消えていった。

「ねえ、プレリィさんも来ちゃって、お店は大丈夫なの？」

オレは、傍らで眩《まぶ》しげに目を細める彼を見上げた。繊細《せんさい》な美青年は、なんだか日差しの中で溶けて消えてしまいそうな気さえする。

「そんなこと言って、君たちも知ってるでしょ？　そうそうお客さんなんて来ないんだから」

苦笑すると、細長い体をさらに伸ばした。

「それに、僕だってたまには外でのんびりしたいからね」

「だよな！　あんまり部屋の中ばっかりだと、キノコが生えてくるぜ！」

「僕たちが言えたことじゃないけど～、外は普通のんびりするところじゃないと思うんだ～」

確かに。それを言えるってことは、やっぱりプレリィさんも普通以上の実力者ってことだろうか。キルフェさんの倍ってことは、単純に今のキルフェさんの見た目だけで言っても40歳以上ってことで……。多分、キルフェさんも見た目通りの年齢じゃないと思う。だからプレリィさんはもっともっと上の気がする。

「いいなぁ。長命ってことはその分長く訓練できるってことだもんね」

『だけど、森人はみんな長命なんでしょ？　じゃあなんの特権でもないんじゃない？』

あ、そっか。森人では普通のことだもんね。オレだって短命なゴブリンに比べたら長命だもの。ゴブリンよりずっと多くの時間を訓練に費《つい》やせるし、強くなれる。けど、だからといって別に嬉しくはないかなぁ……。

『主、それはさすがに例えが悪すぎ』

『言いたいことは分からんでもないけど、その例えでは分かんないわね』

分かるのか分からないのか、一体どっちなの。

「で、ついてきたはいいけど、俺たち何する？」

足を投げ出して座ったタクトがオレを見上げた。

正直、キルフェさんたちへの心配半分、その戦闘能力に対する興味半分でここまでついてきた。だけど、ひとまず半分は必要なかったみたい。

「肉のつきがいまいちだねぇ……もう少しまるまる肥《こ》えた大きいのが来ないものかね」

「そういう個体って割と強いからっ！　できれば出てきて欲しくないかなって!!」

「同意」

「ってかキルフェちゃん!?　渋《しぶ》い顔してないで攻撃して欲しいんだけど!?　キルフェちゃんに食う気はなくてもあちらさんは俺たちを食う気満々よ!?」

戦闘中も彼らは賑やかだ。オレたちはやや離れた場所でのんびりとそれを眺めている。

今日は冒険者登録・パーティ登録を済ませたキルフェさんの初参加依頼だ。オレたちが参加してしまったら意味がないので、とりあえず見守るしかない。

今彼らはビッグピッグ6頭と向かい合っている。あまり大きな魔物が出ないここらの草原では、大きめで強い方の魔物だ。それに、こんなにいっぺんに出てくることなんてまずない。

「ふむ、やっぱり鼻がいいからビッグピッグが釣れるね。だけどあれは栄養状態が悪い。お店の料理には使えないかな」

プレリィさんは相変わらずのほほんとそんなことを言う。

今回はパーティ連携やキルフェさんの能力確認のために、そこそこの魔物が来なかったら困る。プレリィさんはそれを聞くやいなや、突然野外クッキングを始め……怪《あや》しげなスープが出来上がった時点で、オレたちを連れてここまで退避していた。

「すごいね！　魔物が寄ってくる料理なんて初めて知った！」

「一部の魔物だけだけどねえ。でも普通の料理でも魔物は寄ってきやすいでしょ？」

「そうかも。だけど調理中やお食事中を邪魔されたくないから、匂いはよそへ逃がしてたよ」

「ああ、なるほどねえ。それはいいね」

言いながら野草を摘《つ》んでゴリゴリすり鉢ですっている。食べられる野草じゃない気がするけれど、次は何が出来上がるんだろう？

「――お、倒したな！　危なげねえじゃん」

「やっぱり魔法使いがいると違うね～」

キルフェさんの魔法はとても安定している。冒険者としては初心者だけど、経験値で言えばニースたちよりずっと上なんだろう。だけど、かくいうニースたちも以前より随分強くなっていると感じた。Dランクになりたてだった出会った頃と、Cランクを狙う今。同じDランクでも実力に大きな差が出るもんだね。

『主ぃ、でも強そうには見えないぞ』

『賑やかすぎるのよねぇ……落ち着きがないわ』

そ、それはニースたちのいいところだと……多分、きっと、そうだと思うから……そのままでいいんじゃないかな……。

これで戦闘は終了かと思いきや、匂いに惹《ひ》かれたゴブリンが集まってきていた。ちょろちょろあちこちからおびき寄せられてくるので、なかなか数が減らない。

「さ、できたね」

「プレリィさん、これなあに？　食べ物？」

緑色の植物だったけれど、すったものは半透明になっていた。何やら調味料も入れているけれど、特にいい香りはしないし、美味しそうでもない。鼻がくっつきそうなほど真剣に眺めていると、くすくすと笑い声が降ってきた。

「食べてもいいけど、とっても苦いよ？」

慌てて顔を離すと、優しい面立《おもだ》ちを見上げた。

「分かった！　じゃあお薬？」

「ふふ、ハズレ」

言いながら植物の茎《くき》をチョンと突っ込むと、そのまま持ち上げてタバコのように咥えた。

「あっ！　わあー！」

オレの漆黒《しっこく》の瞳にきらきらした光が流れていく。反射的に両手を伸ばして飛び上がった。

「シャボン玉！」

プレリィさんが咥えた茎からは、次々と輝く球体が飛び出しては漂っていく。明るい光の下で、虹色《にじいろ》の輝きが視界を滑《すべ》って夢のよう。

「君らはシャボン玉って言うのかい？　僕たちは妖精玉って言うんだよ」

「妖精玉？　ホントだ、妖精さんみたいだし、妖精さんが好きそうだね！」

目を輝かせていたら、プレリィさんがすり鉢ごとこちらへ押しやった。何本か中空になった茎も添えられている。

「あの子を心配してついてきてくれたんでしょ？　退屈だろうし、遊んでいるといいよ」

「ありがとう！」

さっそく茎を咥えたところで、ラキとタクトもこちらへやってきた。

「あっ！　ずるいぞ、お前だけ！」

言うなりタクトが茎を咥え……ズズッとすすった。

「うぐっ!?　ぺぺっ!!　に、苦っ!?　うええ！」

タクトが転げ回って悶絶《もんぜつ》している。これは洗剤じゃなく草の汁《しる》なので、毒ではないらしい。ただ、苦いだけ。

「なんで飲んだの……」

「なんでってお前！　そんな風にしてたら飲むもんだと思うだろ!!　なんなんだよそれ！」

涙目のタクトの前で得意げに茎を咥え、そうっと吹いてみせる。

「え……？　すげえ!!　泡が浮いてる！」

「ほんとだ～！　きれいだね～！」

あれ？　２人はシャボン玉を知らないのかな。そういえば石鹸《せっけん》はあるけど地球の石鹸みたいにたっぷり泡立たないから、シャボン玉には向いてないのかも。

「２人もどうぞ！　プレリィさんがシャボン液を作ってくれたんだよ！　ちょっと浸けてふーって吹くだけだよ」

すっかり子どもの顔をした２人は、飛びつくように茎を受け取ると、見よう見まねでちょんと浸けて咥えた。

「フーーーッ!!」

「うわあー！」

オレに向かって激しく飛び散るシャボン液に、盛大に悲鳴を上げた。何やってるのタクト!!

慌てて擦《こす》るうちに、口にも入ったらしい。

「に、にがっ!!」

顎《あご》がじんとするような苦み。これ、本当に毒じゃないんだよね!?

「もう!! もっとそうっと吹くんだよ！ シャボン玉は繊細なんだから、そーっと膨らませて飛ばすんだよ！」

「息を吹き込んだら膨らむのは分かるけど、どうやったら飛ぶの～？ 魔法～？」

「え？ 魔法じゃないよ、普通に吹いたら飛ぶよ？」

疑わしそうな視線に、心外だともう一度吹いてみせる。ほらね、魔法なんて使わなくても、ふわーっと茎を離れて浮かぶんだよ。

そうっと吹けば大きなシャボン玉になり、勢いをつけて吹けば小さな玉がマシンガンのように飛び出していく。茎の先端で頼りなく震えるいびつなシャボンが徐々に大きくなり、虹色の光がぐるぐる回って……それ！ 見事に先端を離れて浮き上がる。おかしいな、シャボン玉ってこんなにきれいだったろうか。こんなに楽しかったろうか。

最初は下手くそだった2人も、徐々にコツを掴んできたみたい。

「ほら、いくぜ！　ドラゴンブレス‼」

大きなシャボン玉を作ろうと試行錯誤《しこうさくご》していると、周囲を小さなシャボンに囲まれた。プチプチとささやかな感触を残して体中にシャボン玉が弾《はじ》ける。もう、タクトはまた人に向けて吹いて～！

「どっちかって言うと～……バブルブレス～！」

「わあっ！　ラキまで！」

両側から挟み撃ちに遭《あ》って、オレの視界が虹色の輝きで埋まった。

なんて、きれい……。そんな言葉しか出ないのが悔しい。このまま虹色の泡と共に消えてしまいそう。いやいやそれって、まるで人魚姫みたいだとくすくす笑った。

「ちょっと、あいつら何遊んでんだ！　俺ら頑張ってんだよぉ！　ちゃんと見ろよぉー！」

「やだやだ、見てくれないと、もう頑張れない～！」

「参観日……？」

シャボン玉に夢中になったオレたちは、向こうでひたすら消化試合をしている『草原の牙』のことなど、すっかり忘れていたのだった。

――ふわり。薄暗い中、ランプの光を七色に変えてシャボン玉が浮かぶ。

お日様の下で輝くシャボン玉もきれいだけど、これはこれで夢のよう。風がないので大きなシャボン玉にも挑戦できる。

「わ、見て！　こんなに大きいのができたよ！」

手のひらより大きなシャボン玉は、モモみたいにふよふよと揺れながら高度を下げていく。大きく作るとすぐに落ちていっちゃうのが残念だ。

「上手でしょ！　エルベル様は下手くそだね！」

ふふんと傍らを顧《かえり》みれば、なかなかシャボン玉を飛ばせない王様がいた。オレは日本でもやっていたから簡単だけど、生まれて初めてだとコツを掴むのに時間が必要らしい。それともタクトやエルベル様が不器用《ぶきよう》なだけだろうか。いや、もしかしてヴァンパイアは肺活量もすごいんだろうか。そうっと吹くってことができないのかもしれない。

「……そもそも、室内でやるものではないだろう！」

悔しげな紅《あか》い瞳が、じろりとオレを睨《にら》んだ。

「だってグンジョーさんがいいって言ったもん。帰りにちゃんと洗浄魔法かけておくから、むしろきれいになると思うよ！」

それに、お外に行こうって言ったのに断ったのはエルベル様でしょ！　せっかく、外へ連れ出す口実《こうじつ》にシャボン液の作り方を習ってきたっていうのに。いや、よく考えると、お外で王様がシャボン玉して遊んでいるのはちょっと……アレかもしれないけど。

もう一度、と意気込んで咥えた茎からは、やっぱりフスーと情けない音しか出てこない。

「こうだよ、お手々貸して！」

不貞腐《ふてくさ》れる王様にくすっと笑い、ベッドに腰掛けて彼の左手を取った。彫刻のような手のひらに唇を寄せ、そうっとそうっと、大きなシャボン玉を作る時の吐息《といき》を再現してみせる。

「このくらい！　ね？　エルベル様のは強すぎるでしょう？」

見上げてにっこりすると、王様は白皙《はくせき》の面をじんわり染めてむくれた。

「……分かってる！　そっとだろ。俺はお前よりずっと力が強いからな！」

むきになったエルベル様は、今度こそと細長い茎を咥え、慎重に息を吹き込んでいく。

途端《とたん》に小さなシャボン玉が溢《あふ》れ出し、部屋中を漂った。

「うわ～いっぱいあるときれいだね！　もっともっと！」

小さなライトもいくつか浮かべ、ささやかな風を送って流れを作った。どうやらコツを掴んだらしいエルベル様が、せっせとシャボン玉を量産してくれる。

「エルベル様も、こっち！」

シャボンの輪の中へ引っ張り込むと、大人ぶった王様に少年の顔が覗く。自然に上がった口角は、きっと無意識なんだろう。

紅玉の瞳にはきらきらと光が流れて宝石みたい。黒を基調とした衣装にささやかな虹色が映え、この美貌《びぼう》のヴァンパイアはおとぎ話に出てきそうだ。

「エルベル様、王子様みたいだよ！」

素直にそう言うと、きょとんと目を瞬いてから、不遜《ふそん》な笑みを浮かべた。

「フン、王様だからな」

王子様より偉いぞ、と言いたげな得意顔に吹き出した。そんな顔すると、おとぎ話じゃなくなっちゃう。

「じゃあ――王様、お気に召していただけましたか？」

胸に手を当て、いかにも気取った仕草で言ってみる。エルベル様は咳払《せきばら》いして居住《いず》まいを正すと、偉そうな王様の顔をした。

「及第点、と言っておこう。褒美《ほうび》を取らせよう」

んー、そのお返事は落第点。オレは気取ったポーズのまま、ずいっと一歩接近した。

「……楽しんでいただけましたか？」

「だから……褒美を取らすと言った！」

「せんえつながら、王様のお気持ちをうかがいたく存じます。……楽しかったですか？」

さらに一歩。ベッドまで追い詰められた王様がぽすんと腰掛けた。

「それは……楽しくないことは……。いやお前、王に向かってそんなぐいぐい迫ってくる奴があるか！　言葉遣いを直せばいいってものではない！」

オレは満足して頷いた。

「楽しかったなら、けっこうです。そのお言葉で十分です」

くるっと向きを変えて隣に腰掛けると、不服そうな顔を見上げた。きちんとお話しするって割と大変だ。昔は問題なくできたのに、すっかり子どもの口調になってしまった。

「褒美は、受け取っておけ」

どこか拗《す》ねたような口調に、小首を傾げる。

「どうして？」

「……………お前は、また俺を楽しませる必要があるからだ」

長い逡巡《しゅんじゅん》の末に絞り出した返答が、それ？　吹き出しそうになったのを必死に堪え、大きいようで小さい背中を撫でた。

まだ時折顔を出す、独《ひと》りぼっちだった少年。自分の価値を見失っていた少年。

「ご褒美がなくたって、エルベル様がいるなら来るよ。だって楽しくない？　オレは楽しいから来るよ。エルベル様も楽しかったこと、オレに教えてよ！」

撫でる手を振り払わないまま、彼は難しい顔をして口を開いた。

「しかし俺の楽しいことなど、お前と――」

あ、と思う間もなく、みるみる耳まで赤く染まった。言葉を呑み込んでも、そんなに赤くなっちゃ意味がない。少々潤《うる》んだ瞳がちらりとオレを盗み見た。全く、しょうがないんだから。オレは上機嫌でそ知らぬふりをした。

「楽しいことがないの？　お仕事忙しいもんね。だけど、オレと遊ぶのは楽しいでしょう？」

余裕のない王様は、素直に頷いた。

「じゃあ、他の人にそれを分けてあげてよ！　きっと楽しいから」

エルベル様が楽しかったこと、たくさんの人に話してみて。きっとみんな喜ぶから。

最近のエルベル様は随分表情が柔らかくなったと聞いている。だけど、寂しがりの少年がまだここにいるのだから、きっと孤高《ここう》の王様もまだいるんだろう。王様はどんな人か、何が楽しいのか、みんなに教えてあげて。

「機会が……あればな」

ようやく赤みの引いてきたエルベル様は、そっぽを向いてそう言った。

「機会など、いくらでも作りましょう。今すぐでも！」

弾んだ声に、2人して飛び上がった。ヴァンパイアの人たちは気配が薄くてビックリするよ！

「な、ナーラ！　立ち聞きするんじゃない！　それとノックをしろ！」

「扉は開いておりましたから。あまりに心震わせる光景に息を呑んで感涙《かんるい》していた次第です」

グンジョーさん……扉を開けっ放しで出ていくのは、いい加減わざとじゃないかと思う。

「開いていてもノックは必要だろう！　……ちょっと待て、光景ってお前、いつから……」

「概《おおむ》ね最初から？　妖精玉の乱舞する中、うっすら微笑むエルベル様が美しくて」

うっとり微笑むナーラさんに、エルベル様が顔を覆《おお》って蹲《うずくま》った。ナーラさん、お上品だけどエルベル様にかける情熱はマリーさんに負けず劣らずだ。

「ナーラさんは何かご用？　あ、使者のこと？」

これまで魔物と同じ扱いだったヴァンパイア族。ロクサレン家からの申し入れで、国もヒトとして交流を持とうと、お互いの使者を立ててお話を進めているところだ。まだロクサレン中心ではあるけれど、お醤油《しょうゆ》などの調味料をメインに交易が始まっている。ナーラさんはヴァンパイア側の使者さんだから、何か進展があったのだろうか。

「ええ、ロクサレンでは受け入れが大変良好です。今後、希望のあった者を移住させようかと思っています。もちろん、先方と密に相談を致します」

エルベル様にももちろんお話は通っているはずなのですが、と苦笑した。そっか、オレたち遊んでばっかりで、そんな話をしてなかったよ。

「じゃあ、オレがお手紙か何か届ける？」

「いえいえ、もう先方の使者様と封書にてやり取りしておりますので、大丈夫ですよ」

そっか、もう既にオレの預かり知らないところでお話は進んでいるんだな。少々寂しくもあり、上手くいっている喜びもあり……。子どもにできることは、ここまで。あとは大人を信じて任せよう。国の使者はガウロ様だもの、安心して任せられる。

「そうだ！　ねえ、エルベル様！　王都には美味しいスイーツのお店があったんだよ。いつか一緒に行こうよ！　あとね、カロルス様の演劇があるんだよ⁉　絶対見ようね！」

風の精霊、シャラにも紹介して――と思ったけれど、シャラは拗ねてしまいそうだ。

楽しかった王都のあれこれを思い出して知らず微笑むと、エルベル様に頬をつままれた。

「お前といると、先の予定が詰まっていくな」

そんな、お仕事みたいに言わないで！

「それはね、楽しみが増えるって言うんだよ！」

オレはエルベル様のほっぺをつまみ返して、満面の笑みを浮かべたのだった。

4章　心を護るもの

……暑い。お日様が昇ってしまうと、ぐんぐん気温が上がっていく。寝苦しくて目が覚めてしまったけれど、起きたくもなくて寝返りばかり打っている。どうもロクサレンよりハイカリクの方が暑く感じるのは、人が多いせいだろうか。

先日エルベル様のお城に遊びに行った影響もあってか、余計《よけい》に暑く感じる。あそこはいつ行っても気温が一定で安定しているもの。

「んん……眠れない」

『起きればいいじゃない。もう早起きの時間でもないわよ？』

そうだけど。特に用事もないのに起きてしまうのは、負けたような気分なんだもの。

『主は一体なにと戦っているんだ……？』

――じゃあ、ラピスが涼《すず》しくしてあげるの！

「あっ！　だっ、大丈夫！　暑いのもいいよね！　こうして早起きできるし‼」

今にも氷結《ひょうけつ》魔法を発動しそうな気配を感じて飛び起きた。ある意味涼しくなったかもしれない。実のところ生活便利魔法『クーラー』も『せんぷーき』もあるのだけど、このくらいの暑さなら感じていたい。むしろ、いつでも快適空間にできるという確信がそうさせるのかもしれない。

「あれ？　ユータが起きてる～」

静かな扉の音に振り返ると、濡《ぬ》れた髪のラキが入ってくるところだ。

「起きてるよ！　なにしてたの？」

「随分寝汗《ねあせ》かいちゃったから、流してきたんだよ～」

お風呂か！　それはいい。オレも行こうかなとベッドから飛び降りたところで、今度は勢いよく扉が開いた。

「あっちい！　ユータ起き……あれ？　起きてる!?」

起きてますけど!!　そんないつも寝ているみたいに言わないで欲しい。

『いつも、寝てる』

『ゆーた朝は起きないもんね』

蘇芳とシロだって今起きたとこでしょう！　チャトなんて見てよ、まだ寝てるんだから！

「外、暑いぞ！　鍛錬《たんれん》だけで消耗《しょうもう》するぜ。なあ、どこか涼しいところ行こうぜ！」

鍛錬すれば寒くたって消耗すると思うけど。そのオレンジがかった髪は色濃くしんなりとして、ラキと同じく雫《しずく》が滴っていた。乱暴に拭う仕草を眺め、何気なく声をかけた。

「タクトもお風呂入ってきたの？」

「え？　入ってねえよ」

え？　じゃあ滴るそれって全部……。うわあ、見てる方が暑い！　顔を見合わせたオレとラキは、さりげなく一歩下がった。

「風呂かー、風呂もいいけど水浴びしてえな！　川で泳ぐとかどうだよ？」

「でも泳げるような川って、魔物もいるんじゃない？」

そうそう魔物に後《おく》れを取らない自信はついてきたけれど、水中はまた別だ。タクトは水中の方が有利かもしれないけど。

「お前ら魔法使えるんだからさ、川から水引っ張ってきて即席支流作れねえの？　それなら魔物来ねえだろ？　そもそもユータならでっかい穴掘って水溜めることもできるんじゃねえ？」

ハッ！　そうか、プールを作っちゃえばいいんだ！　お風呂みたいに石造りにしようと思ったらめちゃくちゃ魔力を使うけど、穴を掘って水を入れるだけなら大丈夫！　さらに川から支流を繋いでおけば、常にきれいで冷たい水が入れ替わるってことだよね。

「どうしちゃったのタクト、頭いい！　さっそくいい場所を探そうよ！」

イメージのまとまったオレは、善は急げと着替え始めた。

「俺、それは褒《ほ》められたのか……？」

「タクト、余計なことを～。僕はここにいる方が涼しいと思うんだけど～」

なかなか動かない2人を急かして寮《りょう》を出ると、ギルドに寄って街の外へと急いだ。

『気持ちいいね！　気持ちいいね！　ぼく、もっと走ってもいい？　ぬるい風が冷たくなるくらい！』

「いいぜ！　行けシロ!!　飛ばせー!!」

「耐用《たいよう》の限度ってものがあるから～！　はどほど！　ほどほどで～！」

素晴らしいスピードで駆けるシロ車は、ラキがコツコツと地味な改良を繰り返している（らしい）。見た目に変化はないような気がするけど、ほんの少ーしパーツの素材や厚みを変えたり、交換したりしているらしい。Dランクになったし、素材集めのために遠出、というのも楽しいかもしれない。授業が減った分、タクトの試験対策も楽になるだろうし。

『ところで、どこまで行くの？　ぼく、速いから通り過ぎちゃうよ』

「ええと、街から離れて人がいない川まで！」

『分かった！』

嬉しげに笑ったシロは、ぐんとさらに加速した。後ろにひっくり返りかけた体を頑丈《がんじょう》な腕が支えてくれる。

「シロ車っていいよな！　場所を知らなくても連れてってくれるもんな！」

そう、シロは自慢のお鼻で走りながら場所を探してくれる。どこに向かっているかも分からないけど、帰り道に困ることもない。どんなところへ連れていってくれるんだろうと、胸を高鳴らせてふさふさのしっぽを見つめた。

『とうちゃーく！　どう？　人はいないよ！　ここを下りればきれいな川があるよ！』

シロの足で走ると距離感が全く分からないのが難点だけど、街より相当離れたことには違いない。小さな断崖《だんがい》に流れる川は、遊ぶに十分な水量をたたえて涼やかな音を響かせている。そして何より、緑や青に透《す》けて光を通す水の美しさ！

『スオーの色』

うっとりと水面を見つめていたら、目の前に蘇芳が割り込んできた。

「ホントだ、蘇芳の毛並みの色だね」

涼やかな毛色をしたふわふわは、鷹揚《おうよう》に頷いて後頭部に貼りついた。うっ、暑い……首筋が柔らかな毛並みに包まれて、まるで真夏のマフラー。しかも温熱効果付き。

『……あつい』

いかにも迷惑そうな顔をした蘇芳はふわりと離れ、オレの汗で貼りついた毛並みを整え始めた。すごく納得いかないんですけど！

「きれいな場所だね～！　だけどここは見通しがよすぎて、ユータが何かしでかしたら丸見えだよ～。シロ車はしまって、もう少し山を登った方がいいかも～」

これまた納得いかない台詞だけど、まあ一理ある。だってこれから、ある程度やらかす予定があるんだもの。それなら、川を遡《さかのぼ》っていい場所を見つけよう。

――そんな計画でもって河原《かわら》を歩き始めたのだけど。

石がごろごろした河原は思いの外《ほか》歩きにくく、照りつける日差しを遮《さえぎ》る場所もない。ほどなくして、次々噴き出す汗が滴り始めた。ちなみにシロは『セルフおさんぽ』に行ってしまったので、乗せてもらうことはできない。

しかも、進むにつれ巨岩が多くなって、ちょっとしたロッククライミングみたいだ。

「……タクト。僕、我慢《がまん》するから乗せてって」

ラキが意を決した顔で何を言うのかと思えば、つまりおんぶして欲しいってことだろうか。

「何を我慢するんだよ！　嫌だっつうの、暑いじゃねえか！」

問題はそこなんだなと思いつつ、オレも息を吐いて額《ひたい》の汗を拭った。見上げた空は川よりもずっと濃い青が広がって、雲がくっきりと輝いている。

ああ、あそこを飛べたら気持ちよさそ……ん？

「ああ！　チャトがいるんだった！」

元の姿のままだから、ただの猫って印象が強くてすっかり忘れていた。

「チャト召喚！」

……なんて、ずっと召喚状態なんだけど、オレの中から出てこないので引っ張り出した。

『……ここは暑い』

抱えられるまま、チャトはぐんにゃりと半ば液状化している。

「だから、涼しいところを探そうよ！　ねえ、飛んで！」

空を見上げたチャトが、まあいいかと言うように鳴いた。ぶわっと翼《つばさ》を広げると同時に、小さな体が膨れ上がる。２人には、翼を広げた大きい方の姿は初対面の時以来かな。

「うおー！　飛べる猫！　飛ぶとこ初めて見るぜ!!」

「さすがに僕たちは……乗れないね～」

そう、残念だけど、チャトはサイズ的にも能力的にも1人しか乗れないと思う。乗れたとして、オレ以外乗せてくれないのだけど。

「いい場所がないか探してみるね！　ちょっと待ってて！」

オレの言葉が終わるか終わらないかのうちに、大岩を駆け上がったチャトは力強く後ろ足で蹴り出して空へ身を躍らせた。ほぼ直立となった体に、振り落とされまいとしっかりしがみつく。二度三度羽ばたいた翼が風を捉えて広がり、やがて揺れが収まって安定した。

ほっと息を吐いて顔を上げると、風がオレの髪を持ち上げた。汗ばんだ額に、頭に、風の手《て》櫛《ぐし》が通ってみるみる汗が引いていく。

「ああ、気持ちいい……」

零れた言葉に、三角耳がピピっと反応した。ほんのりと得意げな様子が伝わってきて、一際力強くばさりと翼が鳴った。

一旦《いったん》高く舞い上がっていた高度を落とし、オレたちはゆっくりと川を遡っていく。

「ねえチャト、どの辺りがいいと思う？」

旋回するように飛びながら目を凝らす。あんまり上流まで行くと2人が大変だし、川幅も狭くなっちゃう。この辺りで寛ぐスペースがあって、日陰《ひかげ》もあれば最高だね。

『……ここだ。おれはここにいる』

チャトは呟くなり降下を始めると、大きな岩の上へ降り立った。

「へえ……本当だね！　ここいい場所だね！」

滑《なめ》らかに扁平《へんぺい》な岩は、小部屋ほどの広さがあって上で寛ぐにはちょうどよさそう。場所によっては直接水面へ足を浸けられそうだ。さらには岸壁《がんぺき》から張り出した大きな木が、岩の中ほどに貴重な日陰を提供していた。清流を覗き込めば、蒼《あお》く揺らめく底石《そこいし》がよく見える。流れも緩やかそうだし、深さもある。

さすが、チャト！　素敵な場所を見つけるのはお手のものだね。

「よし、じゃあ2人を迎えに――チャト？」

さあ、と振り返るとチャトがいない。にゃあ、と聞こえた声を頼りに視線を走らせると、抱っこサイズに戻っていた。ささやかな木漏れ日の当たる特等席、そこで手足を折りたたんで目を閉じ、すっかり寛ぎモードだ。

「チャト……？　2人を迎えに行きたいんだけど……」

『行ってきたらいい。おれは構わない』

うん……そうなんだけどね。むしろ構って欲しいっていうか……。

仕方ない、歩いて戻ろうかと思ったところで、賑やかな声が近づいてきた。

『ここのお水、冷たくて気持ちいいねー！』

「最高だぜ！　もっと深いところ行こうぜ！」

「びしょ濡れになる～！　シロ、河原を走って～！」

どうやらシロが連れてきてくれたようだ。盛大に水しぶきを上げて駆けてくると、ぼたぼたと雫を滴らせて満面の笑みを向けた。2人を下ろすや否やビビビッと体を振ったもんだから、断崖にはオレたちの悲鳴がこだました。

『楽しいね！　暑いと、走った時気持ちいいよ！　お水に入った時気持ちいいよ！』

振り回されるしっぽからは七色の水滴が飛び散って、全身から溢れんばかりの『楽しい』が伝わってくる。淡いブルーの瞳はこの清流のように澄んで、きらきら輝いていた。

「いいな！　オレも早く遊びたい！」

チャトがいい場所を見つけてくれたから、もうわざわざプールを作らなくてもいいんじゃないかな。あまり魔物の気配も感じないし。

だけど、大急ぎで水中装備に着替えたところで、不満の声が上がった。

『主、ちゃんとプール作って！　俺様とアゲハが遊べない！』

『スオーも、プールがいい』

ええ～早く遊びたいのに……もう、仕方ない。

「じゃあ、いくよ！　ラキ、タクト、そっちにいてね！　せーーのっ!!」

とっとと作ってしまおうと、河原に手をついて一気に魔力を流した。せっかくだから、チューー助たちだけじゃなくてオレたちが遊べるように。

場所が狭かったので25メートルプールとはいかないけれど、割と大きなプールになったんじゃないかな。あとは川から水を引いて、さらに下流へ流す排水路を設ければ——完成！

『ここ？　あえは、ここはいる？』

『アゲハ、まだまだ！　ここにお水がいっぱいになったら遊べるぞ！』

アゲハとチュー助が待ちきれずにソワソワしている。ちょろちょろと流れ込む水では、なかなか時間がかかりそうだ。ここは大型魔法担当に頼んでおこう。

「ねえラピス！　お水が溜まるまで待てないから、ここにたっぷり入れられる？」

——おやす……おやすみゴローなの！

ラピス、直ってない、直ってないよ。『おやすいご用』でしょ？

「きゅーっ!!」

景気のいい鳴き声と同時に、大量の水は激流となってプールから溢れ出した。準備体操していたオレも、突如波に攫《さら》われ洗濯機の中へ放り込まれたみたいだ。必死にもがいていると、周囲がとびきり冷たい水に包まれる。きりりと身の締まるような水の気配は、川まで流された証拠だ。ぐるぐる回ってどこが上かも分からなくなっていた時、ぐいと引く強い力を感じた。

「ぷはっ!?」

圧迫のなくなった周囲を感じて大きく息を吐いた。

『お水、溢れちゃったね』

ラピスはすごいねえ、と笑ったシロが、オレを水中から拾い上げ大岩の上へ押し上げてくれた。た、助かった……。

「うおー！　危ねえ！　ラピス、やりすぎ!!」

「僕、死んじゃうんだけど〜⁉」

あっちはタクトがラキを抱えて無事に避難していたようだ。

――普通そのくらいで死なないの。大丈夫だと思うの。

あのねラピス⁉　普通、人は割と簡単に死んでしまうんだよ⁉　まあ、オレが頼んだのが悪かったけども。ティアは大丈夫かと見回せば、いつの間にか退避していたらしい。チャトの背中に埋もれてうとうとしている。割と不安になる絵面《えづら》だけど、大丈夫だろうか。

『俺様遊んでくるー！』『あえはもー！』

歓声を上げて駆けていく2人には、少々大きすぎるプールだけど、これも大丈夫だろうか。

『スオー、見ていてあげる』

『下流の方を見張りついでに、注意しておくわ』

蘇芳は微妙なところだけど、モモがお守《も》りをしてくれるなら安心だ。下流の方の見張りということは、モモはオレたちのお守りもしてくれるらしい。

『じゃあ、ぼくは上の方で遊んでるね！』

うん、フェンリルが上流にいるなら魔物の心配はまずなさそうだ。


「行くぜー！」

弾む声を残して、間近で激しく水しぶきが上がった。一瞬明るい髪色が蒼の中に沈み込み、真っ白に包まれる。

「つめてー！　気持ちいい！」

ぶるる、とシロみたいに水を振り飛ばし、お日様みたいな笑顔が広がった。タクトは本当に青空とお日様がよく似合う。

「いいな！　オレもやる！」

岩からの飛び込み、昔はよくやったもんだ。橋の上から飛び込める場所もあるって聞いて、羨ましかったっけ。

「行くよー！」

温かい岩を蹴って空中へ飛び出した、一瞬の浮遊感。ざん、と視界が白くなり、泡に包まれる感覚。体がふわりと重力から解放される瞬間。これでしか得がたい心地よさに、ひとりでに口角が上がり、こぽりと泡が零れた。きらきらと透明の泡が浮かぶのを追って名残惜《なごりお》しく浮上すると、２人がほっと肩の力を抜いたのが分かる。

「溺《おぼ》れたりしないよ！」

泳ぐのは得意な方なんだから！　心配しないで！

「そうは言っても、なあ？」

「無理な話だよ～」

そんなお兄さんぶったって、２人だってまだ子どもなんだから。

「いいよ、じゃあオレは２人の心配するから‼」

それでおあいこだね。ふふん、と胸を反《そ》らせば、２人は大いに笑ってオレを撫でたのだった。


たくさん飛び込んで、潜《もぐ》って、お魚を探して。川ってどうしてこんなにやることがたくさんあるんだろう。採取もしようと思ってギルドに寄ってきたのに、そんな暇はなさそうだ。

いつの間にか指がふにゃふにゃになった頃、タクトがふとオレを見て眉を顰《ひそ》めた。

「ユータ、お前、ちょっと上がってろ」

「本当だ～。ほら、一緒に上がろう～？　唇がゴブリンみたいな色になってるよ～」

え、ゴブリンは嫌だな。そう言われてみれば、体が小刻みに震えているかも。どうやらオレの小さな体は、すぐに冷えてしまうらしい。まだ水中で遊びたかったけれど、気付いてしまえば温かさが恋しかった。

重い体を岩の上に押し上げると、休憩にほどよい場所を探す。

眩しい灰色の岩にはぺた、ぺた、と小さな足跡がついて、端から見る間に消えていった。熱せられた岩は、水の滴る足にちょうどよく温かい。平らな場所を探してうつ伏せると、熱々《あつあつ》の岩がオレの形に濡れて、じわじわと音を立てた。

「あったかい」

冷えきった体にぬくぬくの岩が心地いい。お腹がほかほかする。上から照りつけるお日様はちょっと強くて痛いくらいだけれど、岩の暖かさは心地よかった。

「ユータ焼きができそうだね～」

くすくす笑ったラキが、ふわりと大きなタオルを被《かぶ》せてくれた。

「熱い石を使ったお料理もあるんだよ！　オレ、焼いたら美味しいかな？」

「ぷにぷにして柔らかくて、美味しそうだよ～。僕は焼いても美味しそうにないね～」

うーん、確かに。ラキは身の付きが少ないから、だしに使うくらいがいいかもしれない。

「……その目。割と本気で料理しようとするのやめてくれる～？」

まじまじと眺めていると、苦笑して目を塞がれた。

「なあ、俺は美味そうか？」

ビタビタと水を飛び散らせながらやってきたタクトが、無造作《むぞうさ》に腰掛けてにかっとした。

こんがりと引き締まった肌に水が弾けて、これ以上ないほどおいし……じゃなくて、健康的だ。こんなに極上《ごくじょう》の素材もないだろう。

「タクトは美味しいよ、絶対！　若くてよく身も締まって肉付きもいいし、余分な脂もなくて塩だけでいけちゃう美味しさだよ！」

ぐっと拳を握って力説する。だって今そのままでもローストチキンみたいな雰囲気があるもの。日焼けした肌って美味しそうだよね。

「そうか！」

「それ、嬉しいの〜？」

にっとしたタクトに、ラキは胡乱げな目を向けたのだった。


岩の上で十分に体を温め、お弁当を食べたあとはプールの方へ移動した。

「川の水って冷たいね！　こっちは……ちょっとマシかな？」

ちゃぽん、と体を沈めると、ほどよい水温にほっと力を抜いた。こっちなら長く遊べるかもしれない。

プールは楽だな。緩やかだったからあまり気に留めていなかったけれど、川の流れがあるとないとではこんなに違うんだな。それに、川は海とも湖とも違う独特の気配がする。きりりと鋭い気配は決して優しくはないけれど、全てを濯《すす》いで清められるような気がする。

「僕はこっちの方がいいね〜」

「でかい水風呂だな！　これさ、秘密基地に作ってくれよ！　俺の特訓できるんじゃねえ？」

それって水の剣でしょう？　そんなことされたら、秘密基地が崩壊するから！

『あうじ！　あえはをみて！』

瞳をきらきらさせたアゲハがぱちゃぱちゃと手を振っている。言われるままに見つめていると、ぷかぷか浮かぶモモに掴まってちょっと下を向いた。

『みた⁉』

えっ⁉　何を⁉　即座に顔を上げて満面の笑みを向けたアゲハに、もしや水中を見なきゃいけなかったのかとあわあわしてしまう。

『すごい、スオーはできない』

『あえは、がんばったからよの！』

満足げな表情に、オレも慌ててすごいと褒め称《たた》えてみせる。

『……主、アゲハは顔を水に浸けられるようになったんだぞ！』

オレによじ登ったチュー助がこそっと耳打ちしてくれた。な、なるほど……。アゲハはそもそも火の精霊だったんだから、水で遊べること自体すごいんじゃないだろうか。そして蘇芳はもう少し頑張ろう？

「すごいね、本当に頑張ったんだね！　疲れてない？　寒いんじゃない？」

手を差し伸べると、ぴょんと飛びついてきた瞬間、ぼっと燃え上がった。

「あ、アゲハ!?」

『ちゃーん！』

手のひらに着地と同時に、嘘《うそ》のように炎は消えた。

ほら、寒くないと言わんばかりに両手を広げてちまちまと回ってみせる。なるほど、一瞬の炎化で水分はもう一切残っていなかった。こんな特技があったのか……心臓に悪い。

「アゲハ、ちょっとお目々を閉じてみて？」

『いいよ！』

元気いっぱいのアゲハだけれど、念のためと手のひらに乗せてしばらく撫でてみる。

「…………疲れてたんだね」

まるでスイッチを切り替えるように、スコンと眠りに落ちてしまった。微笑みをかたどったままの口元に、釣られて笑みが浮かぶ。きっと、夢の中でも楽しく遊んでいるに違いない。

「もう寝ちゃったの～？　ユータみたいだね～」

「主従は似るって言うもんな！」

余計なことを言う2人をじろりと睨んでみたけれど、残念ながら反論が浮かばない。だって今、とても眠いし。

『ねえねえゆーた！　クラゲがいたよ！』

と、まだ川遊びしていたシロがしっぽをふりふりやってきた。

「クラゲ？　川にクラゲがいるの？」

こっちの世界はそうなんだろうか。だけど、川にいてもどんどん流されてしまうんじゃ……。

首を傾げたけれど、駆け寄るシロは確かに半透明の何かを咥えている。

「へえ、結構大き――ねえ、オレこれクラゲじゃないと思うな」

シロはそうっと運んできたそれを、プールに放した。

『クラゲじゃないの？』

うん、多分。確かにミズクラゲみたいだけど。

半透明で、うっすら内容物が透けて見えて、顕微鏡《けんびきょう》で見た細胞みたいな……。それはモモみたいにぷかぷか浮いている。

「スライムじゃねえ？」

「スライムだねえ～」

やっぱり。オレはモモしか見たことなかったけど、これがいわゆるスライムだろう。ちなみに陸上生物（？）なので、水に入れられると、なす術《すべ》なく浮かぶことしかできない。モモが泳げるのは、やはり元水性生物の矜持《きょうじ》だろうか。

「どうして川に？」

つんとつついてみると、ふるる、と震えた。陸上では這うように移動して、主に死体や腐《くさ》った木なんかを食べるそう。原始的な生物であまり知能はないらしく、そこにあれば生きた人や動物も食べようとする。だけど黙って食べさせてあげるわけもないので、スライムに襲われて大怪我《おおけが》なんてことには普通ならない。

「さあなー、鈍臭《どんくさ》いから落ちたんじゃねえ？」

日陰を好むので草原ではほとんど見ないけれど、珍しい魔物でもない。むしろダンジョンみたいな場所ではポピュラーな魔物だ。素材もないので出会っても無視することが多いらしい。

『ふうん？　クラゲじゃないんだね！　いっぱい流れてきたよ』

「え？　いっぱい？」

シロの言葉に、オレたちは慌てて川へと走った。

「うわ～本当だね～」

「すげー！　なんでだ⁉」

緩やかな流れに乗って、１匹、２匹……視界を次々スライムが流れていく。ちょっと少ないけど、まるで縁日《えんにち》のスーパーボールすくいみたい。涼しげで美味しそうにも見える。

「スライムって群れないよね？　どうしてこんなに流れてくるんだろう？」

たまたま条件のいいところに『溜まる』ことはあっても、群れるほどの知能はない。

「こんなにいると、さすがに危ないよね〜」

スライムの討伐依頼なんてなかった気がするけど、異常発生でもしたんだろうか。

「なあ、上の方行ってみようぜ！」

タクトの提案に一も二もなく賛成したオレたちは、シロに乗って上流へ向かった。相変わらずちらほらとスライムたちは川を流れてくる。

どうやら集まって巨大な王様スライムになることも、一定数集まれば消えてしまうわけでもなさそうだ。数は多いけれど、所詮《しょせん》スライム。そのうち他の魔物にやられちゃったり、川から出られずに大半が姿を消すだろう。川沿いに多少スライムが増えたところで、この辺りに武装していない人が歩くことはない。そもそもこのくらいの大きさのスライムなら、武装していなくても倒せるけれど。

「……あ、あれ？」

「いなくなってねえ？」

「もしかして品切れ〜？」

いつの間にかスライムが視界に入らなくなっている。流れスライムは打ち止めだろうか。

「たまたま、たくさんいただけなのかな？」

それにしてもいきなり川を流れ出すなんておかしいと思うけど、いなくなってしまっては原因も探せない。

念のために上流まで行ってみたけれど、残念ながら（？）何もおかしなところはなかった。

「つまんねえの……なんかあると思ったのにな！」

「何もない方がいいとは思うけどね～」

だけど、原因が分からないのはスッキリしない。消化不良な思いを抱えたまま渋々《しぶしぶ》帰ろうとした時、レーダーに気になる反応があった。

「うん……？　ねえ、シロ、また少し下流の方へ行ってみて」

「どうかした～？」

諦めきれずにレーダーの範囲を広げたままだったのだけど……。

「あ！　ほら、やっぱり！」

「え？　なんでここには流れてるんだ？」

さっきまでいなかったスライムが、またふよふよと流れてきている。

「僕たちが見落としたスライム出現場所があるってことだね～」

そうと分かれば、オレたちは目を皿のようにしながら再び上流へと向かった。

「シロはスライムの匂いとか、分からない？」

『うーん、スライムってあんまり特別な匂いがしないよ。水だったり石だったり葉っぱだったり、いろんな匂いがして難しいな。あと、お水で流れちゃうと匂いは分からないかも』

そっか、スライム自身の匂いというより取り込んだものの匂いがしているのかもしれない。

「あ、ストップ！」

しばらく遡ったところで、レーダーの反応に気付いて待ったをかけた。

「何か見つけた〜？」

「ううん、だけどここから先にはスライムがいないよ！」

「ってことは、ここが発生源だな！」

周囲に何も怪しいところはないし、オレたちがいる川岸にスライムが溢れていることもない。

川幅は2メートルほど、川向こうは岸壁になっているので、スライムが溜まる場所はない。

「上から飛び降りてくるとか……？」

岸壁は5メートルほどの高さがあるので、万が一そこから飛び降りてこられたら、いくらスライム相手でも怪我をしそう。飛び降りたスライムは怪我じゃ済まないと思うけど。

「なんで飛び降りるんだよ……いくら鈍臭くてもこんなに飛び降りてこないと思うぞ」

一応、3人でじっと岸壁の上を見張っていたけれど、スライムのスの字も現れない。

『ねえゆーた、スライム流れてるよ』

「えっ!?」

一体、どこから⁉　慌ててレーダーの方へ集中すると、スライムは突如川の中に出現しているように見えた。

「……多分、ここ。ここから急に出てくるみたい」

レーダーを頼りに場所を定めると、３人でじいっと水面を見つめた。

「「「あ‼」」」

ちょうどその時、ぽこりとスライムが浮き上がってきた。やっぱり！

「あっ、タクト⁉」

止める間もなく、飛び込んだタクトの姿が沈む。ここ、上流の割に深い！　慌てて飛び込もうとした体は、がしりとラキに捕まえられてしまった。

「ユータが行く方が危ないから～！　水中なら多分、タクトの方が得意～」

で、でも、こんなに流れが！　透明度は高いけど、強い流れに波立ち、反射する光も相まって見通しが利かない。必死に水中のタクトを探した時、ぷはっと呑気《のんき》な呼気が聞こえた。

「やっぱここだ！　なんか壁に裂け目があるぜ！　俺でもなんとか通れそうだ。ユータ、俺の魔道具くれ！」

なんなく向こうの岸壁まで行ったらしいタクトが、こっちへ来いと手を振っている。安堵半分、むかっ腹半分だ。

パシュシュ！

「うわっ、なんだよ！」

オレとラキの水鉄砲は、壁に貼りつくタクトを容赦なく狙い撃ったのだった。

そもそもこんなに深くて流れの速い川、渡れないから！　水中呼吸の魔道具を使ったとしても、水中の裂け目に入るなんて無謀すぎる。水中はレーダーが利きにくいもの。中にみっちりスライムが詰まっているとか、勘弁願いたいところだ。

——ラピスが見てきてあげるの！

うずうずしていたラピスが、これまた止める間もなくボシュッと水中に突っ込んでいった。

まあ……ラピスは心配いらないだろう。ラピスの攻撃で岸壁が崩れる危険はあるだろうけど。

……なんて冗談半分に考えたせいだろうか。

——ユータ、スライムがいっぱいいるからせんめつするの。そっとやるから大丈夫なの。

「あっ！　待っ……」

「うおぉっ⁉」

ハッとしたタクトが水中から魚のように飛び出して岸壁にぶら下がる。ほぼ同時に水中が激しく泡立ち、岸壁から濁《にご》った水が噴き出した。

さすが、野生の勘《かん》。間一髪《かんいっぱつ》だ。

——ラピス、上手にできたの。崩れてないの！

きゅっきゅと嬉しげな声が伝わってくる。うん……上手だったと思うけど、できれば一か八かでやるのは遠慮願いたい。あと、一応タクトの無事も計算に入れてあげて。

——ユータも入ってくるといいの！　中はお水がなくて結構広いの。

「どうする？　中は水がなくて洞窟《どうくつ》になってるみたい。ラピスが入っても大丈夫だって」

「だけど、僕たちどうやってあそこまで——」

「よっ、と！　行くぜ！」

どうやら岸壁を蹴って2メートルの川幅を越えてきたらしい。タクトはスタッと降り立つと、ラキを小脇《こわき》に抱えた。一瞬、ラキの淡い色の瞳と目が合った気がする。

悲鳴が尾を引いて流れ、ひと飛びで岸壁まで飛んだ2人が水中へ消えた。呆然と見送っていたオレは、ハッと我に返る。

「し、シロ！　あっちまで跳んでくれる!?」

『いいよ！　でもぼく、壁に掴まれないよ？』

『足場を作るわ。ゆうたが水中に入る間はシールドを固定して張れば、流されないんじゃない？』

それで行こう！　シロとモモ頼み！　とにかくタクトが戻ってくるまでに行こう!!

ひとり安全快適に目的地まで到達したオレは、２人が入ったであろう裂け目をくぐり抜けた。

おそらくラピスの攻撃の影響だろう、裂け目は崩れて広がっているみたい。川からの光を頼りに水中の斜面を這うように登ると、やがて水面へ顔を出した。

「わあ、本当だ。割と広いね！」

ラキの砲撃に追い回されるタクトを尻目に、ぐるりと周囲を見回した。教室の半分くらいだろうか、ここにスライムがみっちり詰まっていたんだとしたら、なるほど、押し出された分があんな風にスライム流しになるんだろう。

――スライムはいっぱいいたの。多分、あっちからまた出てくるの。

ラピスの指す方は細く空間が続いていたけれど、やがて行き止まりになった。

「わっ！　本当だ……」

そこには既に１匹のスライムが蠢《うごめ》いている。と、気配を感じて飛び退《の》くと、ビタンと何かが落ちてきた。

「上から……？」

落っこちてきたスライムは慌てたように蠢いている。土壁を少し登ったところには、どうやらスライムがすり抜けてきたであろう手のひら大の隙間があった。

――ユータ、こっちはもっと広いの！　この壁を崩せば……。

「ストーーップ!!　待ってラピス、オレがやるから!!」

生き埋めになるのをすんでのところで制止して、そっと土魔法を発動させる。徐々に穴を広げていくと、壁の向こうに広い通路が続いていた。ほのかな燐光《りんこう》はヒカリゴケだろうか。ダンジョンではないから、いきなり凶悪な魔物が出てくるなんてことはないはず。そもそも、こんなにたくさんのスライムが生息できるなら、魔物すらいないかもしれない。

「おお！　すげえ、ユータ大発見だな！　探検しようぜ！」

「ダンジョン……ではなさそうだね～。自然洞窟かな～？」

いつの間にか集まってきていた2人が目を輝かせた。

洞窟の探検！　わくわくする冒険の予感にぱあっと頬が紅潮した時、シロがスンスンと鼻を鳴らして言った。

『ねえ、この匂い知ってるよ』

「匂い？　……あ、言われてみれば……」

洞窟内の湿《しめ》っぽい匂いに混じって漂う微かな香り。それは確かに嗅《か》いだことのある独特の匂いだ。オレたちは困惑して顔を見合わせた。

「これって……人がいるってことか？　未知の洞窟じゃねえの？」

「魔物除《よ》けを焚《た》くってことは、そうだろうね～。入り口は他にもあるのかもね～」

タクトが不服そうに口を尖らせた。だけど、この川へ続く道を発見したことに変わりはないんだから、いいんじゃない？　秘密の出入り口みたいでカッコイイよ！

「きっと、スライムは魔物除けの香りを嫌がって地下の方へ集まってたんだね」

魔物除けはお香みたいなタイプが多いから、きっと上の方が匂いはキツイんだろう。ここ以外にも地下の部屋にはスライムが詰まっているのかもしれない。

「とにかく、冒険には変わりないよ！　探検しよう！」

むしろ、誰かが魔物除けを焚いてくれているなら、安全に探検できるってことだ。

「そんなこと言ってさ、ちょっと歩いたら人がいっぱいとか嫌だぜ」

「確かに！　もし何かの施設とか、誰かの家だったらどうしよう！」

「家にスライムはいないんじゃない～？」

……それもそうか。さすがにペットってこともないだろうし。

ひとまず他の人がいると恥ずかしいので服を着替え、探検再開だ。

魔物除けの香りが強くなる方へ歩いていくと、またもや行き止まり。だけど、匂いがするってことは向こうへ続いているってことで。

「あ、ここかな？　この岩をどけてみるね」

大きな岩の隙間を見つけ、土魔法で大岩を崩してみると、途端に魔物除けの香りが強くなって、これはもう現在進行形で使っているんだなと分かる。

ちょっとがっかりだけど、地上側にも出入り口があるなら、むしろまた川に入らなくても済むからよかったと思おう。

大岩があった部分を通り抜けると、少し高さがあったのでひょいと飛び降りた。

「きゃっ⁉」

突如聞こえた声に、ビクッと身をすくませる。そんな、まさか本当に誰かの家なんてことは……だってこんな暗くてスライムが湧くような悪環境で住む人なんて、盗賊《とうぞく》ぐらい——うん？

自分の発想に引っかかりを覚えつつ、声の主へ視線をやった。

「な、何っ⁉　魔物⁉　こっちには魔物除けがあるんだからね‼」

女の子……？　かなり暗いこの場所で、女の子は壁際に蹲ってこちらを窺《うかが》っていた。この暗さでは動いた影と物音しか分からなかったろう。

土壁剥き出しのごく小さな部屋は、木箱と扉があるのみ。木箱の上には簡素な燭台《しょくだい》と溶けきったろうそくの跡があった。

「ん？　誰かいたのか？」

「だ、誰っ⁉」

続いて飛び降りてきたタクトの声に、再び悲鳴が上がる。

「うわ～。さすがユータだね～」

「だな。どう見ても厄介《やっかい》ごとだぜ！」

どうしてオレに責任を押しつけようとするの！　オレは関係ないでしょう。

ひとまず、この人を安心させないと。眩しくないよう、なるべく小さなライトを1つ、2つ……徐々に灯《とも》して5つほど浮かべた頃には、オレじゃなくても顔の判別ができるくらいの明るさになったはず。

「こ、子ども……⁇　どうしてこんなところに？　だってあなたたち、捕まったって感じの登場じゃなかったわよね？」

中学生くらいだろうか。割と高価そうな服を着た、整えられた見目《みめ》のお姉さん。どう見ても冒険者ではないだろう。涙に濡れた顔がキツネにつままれたような表情を浮かべている。

「オレたち冒険者だよ！　探検してたらここに出たんだ」

「えっ？　探検……？」

ハテナマークいっぱいのお姉さんだけど、ひとまずそれどころじゃないのでは？

「なあ、一応聞くけど、ここで何してんの？　なんで足括《くく》ってんの」

お姉さんはにかっと笑ったタクトに一瞬ぽかんとして、次いでふるふると震えた。

「悪い奴に捕まってるに決まってるでしょー‼　括ってるんじゃないわ！　縛られてるの！

解《ほど》けないの!!」

顔を真っ赤にして怒鳴《どな》ったお姉さんは、案外元気そうだ。捕まっているなら、そんな大声出して大丈夫だろうか。

どうもお姉さんは縛られた足のロープを解こうと躍起になっていたようだけれど、そもそも手のロープが切ってあるのはどうしてだろう。

「刃物持ってんじゃねえの？　取り上げられた？」

「違うわよ、さっき来た男が手のロープだけ切っていったのよ。ここにいる方が安全だから、ここにいろって」

「じゃあそれって、誰かが助けに来たってこと？」

お姉さんは曖昧《あいまい》に頷いてから、首を振った。

「分からないわ。だって、助けるなんて言わなかったし、怖い顔をしていたもの。スライムがいっぱい入ってきて悲鳴を上げた時、突然入ってきたのよ。その魔物除けを放って、『動くな。ここにいる方が安全だ』しか言わなかったわ」

それは……分からないね。ひとまず悪者ではないだろうと足のロープを切ると、お姉さんはナターシャ・ザイオと名乗った。貴族様だ……ラキがこそっと伯爵家《はくしゃくけ》だと教えてくれた。彼女らは馬車で街道を走っているところを襲われたらしい。

「オレたちが来た場所から逃げられるかな？」

「う～ん、タクトが抱えればなんとか～？」

「いいけどよ、さっき騒いだから、もう人が来るんじゃねえ？」

そうだった！　慌ててレーダーに注目したけれど、それらしき人はいない。

「大丈夫じゃない？　なんか変なのよ。見張りがいたはずなのに、いなくなってるの。ここが安全だとか、嘘じゃないかしら？　今なら逃げられそうよ」

だけど、わざわざ嘘を言ってロープを切っていくだろうか。

――じゃあラピス、見てきてあげるの！

ラピスの報告を待とうと思ったところで、お嬢様が扉に体をぶつけ始めた。

「な、なにしてるの!?」

「鍵がかかってるのよ！　壊さないと出られないでしょ」

いやいや、いくらなんでもマリーさんじゃあるまいし、この分厚《ぶあつ》い扉がお嬢様の体当たりで木《こ》っ端微塵《ぱみじん》にはならないよ！

『木っ端微塵にする必要はないんじゃないかしら？』

『木っ端微塵にできるのは、あの人らだけだと思うぜ！』

それもそうだけど置いといて、ひとまず打ち身を作るだけだろうお嬢様を止めた。

「いいのよ、あなたたちは逃げられるんでしょう？　ロープを解いてくれてありがとう。私もこっちから逃げられそうになかったら、そこを使わせてもらうわ」

オレたちは顔を見合わせた。お嬢様、1人で何するつもり？　使わせてもらうって、多分お嬢様……オレたちが出てきた穴まで登れない……。

「お嬢様はどうするの～？」

「……馬車で襲われたって言ったでしょう？　他にも捕まってるの。近くに捕まっているはずだから、探しに行くわ。私1人より、その方が確実よ」

なんと言うか、なかなか気丈なお嬢様だ。まるで無謀だとは思うけれど、確かにこれだけ騒いでいても誰も現れる様子がない。

「だけど、扉開けられないんでしょ～？」

お嬢様がウッと詰まったちょうどその時、すいっとラピスが戻ってきた。

――ユータ、人は上の方にいっぱい集まってるみたいなの。

「えっ？　どうして集まってるんだろう？」

――知らないの。多分、戦ってるかお祭りなの。

……ラピス、戦闘かお祭りかぐらい判別して欲しいな。相変わらず、オレへの影響がない限り他人への興味はゼロだ。

だけど多分、お祭りじゃないよね。戦闘しているんだろう。ということは、このお嬢様の助けが来ているということだろうか。

「確かに今は、この辺りに悪者はいないみたいだよ」

「なら、今のうち～？」

「壊すか？」

タクトが片足を上げるのを慌てて止めた。さすがにそれは大きな破壊音が響きそう。

「――まあ！　魔法使いなの？　小さいのに、冒険者ってすごいわね」

扉横の壁を崩して小部屋から抜け出すと、お嬢様は目を丸くした。

「とりあえず、人が来ないうちに助けようぜ！」

「えっ？　もういいわよ！　子どもは帰って大人に知らせてちょうだい！」

それも必要。だけどお嬢様が一緒に来てくれない限り、オレたちもついていくしかない。

ここは倉庫兼地下牢《ちかろう》みたいな場所らしい。薄暗い中、小部屋がいくつも不規則に並んでいた。

レーダーを広げると、似たような小部屋のひとつに反応がある。中にいるのは1人、だけどここが何の施設か分からない以上、悪人を閉じ込めていることだってあるかもしれない。

十分に身構えてかんぬきを外すと、サッと飛び退いた。

「そ、そこにいるのは誰ですか⁉　お願いです、どなたか助けを！　お嬢様が！」

上品な声に安堵して覗き込むと、こちらは両手足を縛られたままの壮年男性が蹲っていた。

「セバス！」

「お嬢様……!?　よくぞご無事で……!!」

お嬢様が飛びついたところを見て、オレたちも警戒を緩める。涙の再会もそこそこに2人を追い立てると、あと1人、メイドさんがいるはずだという。セバスさんは戦えるそうなので、タクトが練習に使っていた剣を渡しておいた。

再びレーダーを広げようとして、ハッと振り返った。咄嗟《とっさ》にお嬢様を小部屋へと押し込む。

「っ構えて！」

誰か来る！　それも、すごい速さで。

切羽詰まった叫《さけ》びに、慌ててセバスさんが剣を構えた。既に抜いていたタクトが、ラキの前へ飛び出す。短剣を握る手に嫌な汗が滲んだ。

「どこだ!?　強いな、気配分かんねえ！」

レーダーで分かるのは方向くらい。オレに倣《なら》ってタクトが向きを変えた時――

「違う！」

しまった……！　刹那《せつな》の瞬間に回り込まれたことを察知し、振り向きざまに飛び上がった。

「セバスさん！　――くぅぅ！」

激しい金属音と共に、受け流したはずの短剣に重い衝撃が走った。ただの一撃じゃない。連撃……？　上手く流しきれなかった……！　じいんと痺《しび》れる腕に歯噛みした時。

「え――あれ？」

流した剣が刃を向けていなかったことに気付いた。峰打《みねう》ち……？　盗賊が？

パッと離れた盗賊が、だらりと両手の武器を下げた。

「……お前、何してる」

低い声に、つい口角が上がった。真っ暗な中に溶け込むような装備、なぜか口元まで黒い布で覆って、本当に盗賊みたい。モスグリーンのきつい瞳が、訝しむように細まった。

オレは堪らず駆け寄ると、その首めがけて飛びついた。

「久しぶり！　それはこっちの台詞だよ！」

飛びついたオレを、どうしたらいいか分からず彷徨う両手。相変わらずだ、キースさん。

「……武器を持っている相手に飛びつくな」

「キースさんがそんなヘマするわけないもの。ねえ、どうしてセバスさんを攻撃したの？」

「盗賊の見分けはつかん」

どうやら攫われた人《オレたち》を、盗賊《セバスさん》がこっそり移動させようとしていると思ったらしい。それにしたって盗賊じゃない可能性も考慮しての峰打ちだったんだろうに、まず声をかけるなりなんなりしたらどうなんだろう。

「ひとまず戦闘不能にしておけば、邪魔にはならん」

ラピスみたいに大雑把《おおざっぱ》な扱いだ。だけど、本当に盗賊だったら、子どもを人質《ひとじち》にされると厄介なことになるのかもしれない。

何にせよ、キースさんたち『放浪の木』がいるなら悪者なんてへっちゃらだ。なんせBランクパーティだもの！


怯《おび》えるお嬢様たちに味方だと説明して、お互いの状況を確認した。

「――そっか、キースさんたちは依頼で来てたんだね」

頷いたキースさんは、まだ訝しげに目を細めている。あまりにも凶相《きょうそう》なので口元の布は外してもらったけど、にこりともしないからあまり意味はなかったろうか。

「キースさん、なあに？」

「……なぜここにいる」

だから川遊びに来て冒険をって言ったのに。

「お前たちはハイカリクにいたはずだ」

もう一度説明しようとして、きょとんとする。

「そうだよ？　ハイカリクだよ？」

「ここまで遊びに？」

「うん、暑いから遊びに来――ひょっと、ふぁに？」

唐突に遠慮なく両頬を引っ張られて目をぱちくりさせた。

「確かにお前だ」

ほっぺで確認しないで!?　どう見てもオレでしょう!?　言葉が少なすぎて、一体彼は何を疑問に思っているのかサッパリだ。問いただそうとした時、ちょいちょいと袖《そで》を引かれた。

「あなたたちがハイカリクから来たって言うからよ……近くの街の名前はエリスローデよ。そこから来たんでしょう？　ほ、ほら、ちゃんと説明しないと、彼相当怒ってるわよ」

お嬢様がキースさんを気にしつつ、こそっと耳打ちした。

「えっ？　それどこ――あ！」

思い出した。そういえばオレたち、相当なスピードでシロ車を飛ばしてきたんだった。もしかして、思ったより遠くへ来ていたのかもしれない。

「ねえラキ、エリスローデってどこ？」

「僕たちエリスローデまで来ちゃったの～？　ハイカリクから街２つ離れてるよ～。さすがに川遊びに行く距離じゃないね～」

「シロってすげーな！」

褒められたシロがオレの中でしっぽを振っている。だけど、街2つか……少なく見積もっても半日以上かかる距離だよねえ。キースさんはシロを知っているけど、フェンリルってバレちゃうだろうか。

「あ、あのね、オレたち特別な馬車を作ってて――」

なぜか背中を向けているキースさんに声をかけたものの……目が合わない。なんだか、えーと、しょんぼりしてる？

「怒っては……いない」

あー、聞こえていたらしい。……さっきのお嬢様の台詞。

「だ、大丈夫！　オレは怒ってないって分かるよ！　そうだ、にっこり笑えばいいんだよ！」

「無茶を言うな」

何も無茶なこと言ってないからね!?　だけどオレもキースさんがにっこり笑った顔は見たことないかも。

「コホン、お話を伺うに、あなたは私どもを助けに来ていただいたと思ってもよろしいですか？まだ1人囚《とら》われているはずなのですが……」

「そうか」

そのままスタスタ歩き出したキースさん。説明！　説明して!!　助けに行くんだよね、そうだよね？

「ねえ、あの人は本当に冒険者なの？　知り合いなのよね？　信用していいの？」

キースさんが離れたとみるや矢継《やつ》ぎ早《ばや》に質問が来た。お嬢様、声！　声抑えて！

「絶対に大丈夫、すごく信頼できる人だから！　あの、ちょっと顔は怖いかもしれないけど、優しい人だよ。それに、とっても強いから」

にこっと微笑むと、まだ怯えた様子ながら緊張は緩めてくれたようだ。そもそもオレだって初対面なんだけど、そこは信用してくれるんだろうか。

キースさんがずんずん行ってしまうものだから、オレたちも慌てて追いかける。

「……お前たちはそこにいた方がいい」

ちら、と視線を走らせたのは牢代わりの小部屋。

「い、嫌よ！　だってそのまま置いていかれるかもしれないじゃない！　それにあなたはミーシャを知らないでしょう!?」

セバスさんの後ろから精一杯虚勢《きょせい》を張ったお嬢様は、視線が合う前に完全に背中に隠れた。

「1人で全員は守れん」

キースさん、超近接戦闘員だもんね。正直、彼なら1人で全員守って出られると思うんだ。

だけど無理に連れていくより、ここの方が安全ってことなんだろう。

「全員って俺たちも入っててんじゃねえ？　戦えるぜ！」

「僕たち、Dランクになったので邪魔にならないと思う～」

そう、オレたちは前回キースさんに会った時より成長しているんだから！　そういえば、前に会ったのはランクアップ試験の時だっけ。あの時はほとんど戦闘らしい戦闘もなかったし、もしかしてあまり戦闘能力がないと思われているかもしれない。

「オレ、強くなったんだよ！　信じてもらえないかもしれないけど——」

「お前は、強い」

ぬっと伸ばされた手が、オレの頭にぽんと置かれた。鋭い眼光がしっかりとオレを見据える。

「俺の攻撃を逸らせるヤツは——そういない」

いつも下がりっぱなしの口角が、ほんの少し……上がった気がした。

「……うん!!」

胸がいっぱいになって、思わず飛びついた。あのキースさんに、強いと言ってもらえた。キースさんに！　ぐっと喉《のど》が詰まって、こんな時に目頭が熱くなってくる。

まずい……。ぎゅうっとキースさんにしがみついたまま、急いで深呼吸した。せっかく強いと言われたのに泣くなんて、それだけはなんとしても避けたい。

その時、ぶら下がったオレの体がそうっと持ち上がった。おずおずと支えてくれた左腕は、確かにキースさんのもの。

そうじゃないよ、手のひらじゃなくて腕全体で支えるんだよ。随分下手くそな抱っこに思わず頬が緩んだ。驚いて涙もすっかり引っ込んでくれたみたいだ。くすっと笑って顔を上げると、思ったより間近にあったモスグリーンの瞳は、のけ反《ぞ》らんばかりに逸らされてしまう。

「……下りろ。戦えん」

キースさん、子どもや動物は好きだったはず。嫌がってるんじゃないと信じて、もう一度ぎゅうっと縋りついた。

「褒めてもらって、嬉しい……。ねえ、師匠《ししょう》！」

ねえ、こっち向いて！　師匠呼びに反応したキースさんが、そろりとこちらへ向き直った。

「誰が、師匠――」

「ありがとう！」

お礼は、ちゃんと目を見て言うんだよ。視線が絡んだ瞬間を逃さず、オレは満面の笑みを浮かべて言った。

う、とも、ぐ、ともつかない声を漏らしたキースさんは、そうっとオレを下ろしたかと思うと――唐突に1人で走っていってしまった。

「えっ？　待ってキースさん！　速っ……!?」

瞬時に見えなくなってしまった彼を追って、オレたちは慌てて走り出したのだった。

息を切らせてしばし走ると、前方で佇む背中を見つけてホッと安堵した。ちゃんと待っていてくれたんだ。

「キースさん、どうしていきなり走――」

「うるさい。……ここを確認しろ」

顎で示すのは、さっきと同じような小部屋。なるほど、中に反応がある。

「入らないの？」

見上げると、フイと視線を逸らされた。

『行ってあげたら？』

『盗賊顔が行ったら、悲鳴上げられること間違いなしだぞ！』

モモとチュー助の妙に優しい声に納得する。なるほど、それでキースさんは躊躇《ためら》ってたのか。

驚かさないように、まずはノックしてみる。

「……え？　はい……？」

耳に届いたのは困惑した女性の声。怯えの混じった声からすると、少なくとも盗賊ではないだろう。扉を開きかけたところで、待ちきれなくなったお嬢様が先に飛び込んだ。

「ミーシャ！　助けに来たわよ！」

「お、お嬢様⁉」

よかった、どうやら捕まっていたお仲間さんだったみたい。

感動の再会とオレたちへの困惑、さらにキースさんを見ての悲鳴と取りなしを急ピッチで済ませると、これで脱出準備は整った。多分。

「上ではまだ戦ってるの？」

キースさんは無言で頷いた。他にも攫われた人がいないか確認しながら制圧《せいあつ》していて、派手な魔法が使えない地道な作業らしい。

「これで全員だろう。ここにいろ」

「嫌って言ってるじゃない。本当に他にも助けに来た仲間がいるなら、連れていってよ！」

お嬢様は威勢よく……またもセバスさんに完全に隠れてそう言った。ミーシャさんも助け出したわけだし、ここにいる方が確かに安全そうだけれど。

「オレたちが来た川の方から出るのは難しいかな？」

「う〜ん、お嬢様はともかく、他の人は穴を広げないと通れないね〜」

これ以上広げると崩れる危険がある。スライムや流れの早い川もネックだけれど、それでも盗賊の中に飛び込むよりはリスクが低いだろうか。

――でもユータ、またスライムがいっぱい来てるの。

「そうなの？　あっ、ラピス殲滅《せんめつ》しなくていいからね！　スライムやっつけて洞窟が崩れたら困るから、ね⁉」

「盗賊はほとんど制圧したんでしょう？　なら、このまま出る方がいいわ。川ってスライムが集まってるんでしょう？　あんなのがいっぱいいるところなんて嫌よ！　早く行きましょう！」

お嬢様が身震《みぶる》いして、ぐいぐいオレをキースさんに押しつけた。

ちなみに魔物除けはキースさんたちが振りまいていたそう。洞窟内は異様にスライムが多くて、スライムを悪事の隠蔽《いんぺい》や洞窟内の罠に利用していた形跡があるらしい。

「……Dランクなら、任せられるな？」

面倒そうに顔をしかめ、モスグリーンの瞳がちらりとオレたちを見た。

「もちろん！」

「任せろ‼」

「頑張ります～」

瞳を輝かせて胸を張ったオレたちを見つめ、キースさんは軽く頷くとスタスタと歩き出した。

きっと、いざとなったらキースさんが守れると踏んだのだろうけど。

でも、それでも。任せられた喜びに胸が高鳴った。

「あらまあ、頼りない護衛ねえ……」

「お嬢様、先ほどの腕前をご覧になったでしょう？　只者《ただもの》ではありませんよ」

「ご覧になってないわよ。そんなの私が見えるわけないじゃない」

セバスさんの台詞にへらりと口元が歪《ゆが》んで、慌てて口と気を引き締めた。実際に目にした上で認めてもらえるのって、なんて嬉しいんだろう。

オレたちは先頭にキースさん、真ん中にお嬢様たち、それを囲むようにオレたちが位置取って進み始めた。自然洞窟を所々改造して作られたのであろう盗賊のアジトは、思ったよりも複雑で広い。こんな地形で制圧っていうのは難しそうだ。ラピスみたいに大雑把に洞窟ごと破壊すれば早いかもしれないけれど。

進むにつれ、ざわめきが聞こえ始める。駆け回る足音、何か叫ぶ声、衝撃音。洞窟内ではあちこちに反響して、すぐ側《そば》のようにも、随分遠くのようにも聞こえた。

「!!」

ザッと構えたオレたちに視線を走らせ、キースさんは満足そうに再び前を向いた。大丈夫、ちゃんと気付いてるよ！

「なっ!?　てめえら！」

「きゃあっ！」

横穴から飛び出してきた盗賊らしき男が、オレたちを見てぎょっと目を見張る。慌てて振り上げられた剣に、お嬢様とミーシャさんの悲鳴が響いた。

けれど、響く悲鳴も消えないうちに、どさりと盗賊が崩れ落ちる。しっかり構えていたタクトが、割り込むように出現した背中に口を尖らせた。

「俺、戦えるぜ？」

「……俺も戦える」

キースさんが肩越しにタクトを振り返って言った。

それは……確かに。オレたちの戦闘能力を認めてくれたのと、戦闘を任せるのはまた別らしい。少々不満な思いを抱いたものの、尻餅をついてぽかんと見上げるお嬢様を視界に捉え、考えを改めた。これは、オレたちだけの戦闘じゃない。キースさんは手を抜かない。

「さすが、Ｂランク。カッコイイな」

さほど真面目に仕事をこなしているイメージのないキースさんだったけれど、これが、Ｂランクのお仕事。信頼されるはずだ。人外《じんがい》であるＡランクを除き、冒険者としては最高峰だもの。

「……こっちを見るな」

感動と尊敬を視線に込めて見つめていたら、がしっと顔面を掴まれてよそへ向けられてしまったのだった。

それ以降も盗賊は出てきたけれど、唐突な出現も、待ち伏せも、数人がかりも、全部キースさんが叩き伏せてしまった。ほらやっぱり！　1人で守れるんじゃないか。

理解はしているけど、やっぱり不満だ。お嬢様たちを外へ送り届けたら、オレたちも戦闘に参加してもいいだろうか。

周囲に感じる人の気配が増えてきた頃、オレめがけて何かが飛んできた。

「うわっ⁉」

まさか、キースさんの鉄壁防御をすり抜けて⁉　……と思ったら。

『クッキー！』

オレは顔面に貼りついた柔らかなものを引き剥《は》がした。オレはクッキーではありません！

「イーナ？　もう、戦闘中に飛びついたら危ないよ⁉　斬っちゃうとこだよ！」

『イーナ、クッキー！』

てっぺんのモヒカンがチャーミングな小さいお猿さんは、抱えたオレの手をペチペチと叩いて主張した。

「――あれっ？　ユータたちじゃん。なんでこんなとこにいんの？　キース、寂しいからって攫ってき――おわっ！」

「チッ……」

ピピンさん……相変わらずだ。そしてキースさん、容赦ない。ピピンさんが飛び退いたその場には、小さな投げナイフが刺さっていた。

「あ、あっぶ……俺、味方に殺されるとこなんだけど⁉」

『あぶねー！』

ピピンさんは冷や汗を垂らしつつも、飛びかかってきた盗賊を片手間に沈めていた。

「外へ連れていく」

「えっ？　俺まだ1人でここ守ってなきゃいけねえの？　割と盗賊来るんですけど⁉」

どうやらピピンさんは出入り口に通じる一本道を封鎖する役割らしい。ということは制圧を担当しているのは、リーダーのレンジさんと魔法使いのマルースさんかな。


「——外……」

喚《わめ》くピピンさんを放置して歩くことしばし。見えた光に、お嬢様がぽつりと声を漏らした。

「私たち、助かったのですね」

ミーシャさんがお嬢様の手をぎゅっと握って瞳を潤ませた。

「まだ、油断は禁物《きんもつ》ですよ。お嬢様、離れませんよう」

そう言うセバスさんの瞳にも、明らかな安堵の光が灯った。徐々にオレたちを包んでいく暖かな光に、お嬢様が黙って濡れた顔を拭った。

……頑張ったね。貴族のお嬢様って、みんなこんなに強いんだろうか。きっと、御者《ぎょしゃ》さんや護衛さんもいたはず。その人たちは捕まっていると言わなかった。きっと、見てしまったんだろう。なんの力もなく、それでも2人の主であろうとする姿は、虚勢であっても立派だと……オレはそう思った。

「制圧するまで、ここにいろ」

洞窟を出た途端にへたり込んだお嬢様は、不安な瞳を隠さずキースさんを見上げた。

「……すぐに済む」

何か言いたげな視線を振り切り、キースさんは洞窟の方へ足を踏み出した。

「オレたちも手伝うよ！　その方が早いでしょう？」

「お前たちは、ここでこいつらを守れ」

そう言われたけど、ピピンさんが討《う》ち漏らさない限り、ここは安全なはず。

「シロ、モモ、お願い！」

「ウォウッ！」

『お任せあれ、ね！』

オレは驚くお嬢様たちにふわっと微笑んだ。

「モモがシールドを張るから、安心して。シロは強いからね、魔物も盗賊も心配いらないよ！」

さあ、これでいいでしょう？　オレたちはキースさんのお手伝いをしよう。にっこり見上げたキースさんは、とても渋い顔をしていた。


「はあーーっ！」

上、下、上っ!!　目まぐるしく位置を変え、跳んで、滑り込んで、また跳び上がる。天井を蹴って、壁を走る。力のないオレは、捕まえられたら終わり！　だけど、混戦の場では、この小さな体は有利に働く。

地を這うような低い姿勢で。隙間を縫《ぬ》うようなスライディングで。あっと視線をやった場所に、オレはいない。壁も、天井も、人も、オレにとっては足場になる。モモのピンボール戦法のように、オレは片時も止まらず跳ね回った。

勢いに任せ駆け上がった天井で、キースさんと交差する。確かめるような視線に、オレはほんの少し目元を緩めて頷いてみせた。

――お嬢様たちを外へ連れ出してから、オレたちは渋るキースさんに半ば強引に同行して洞窟の奥までやってきていた。

「魔物と人間は違う」

オレは、じっと見つめる鋭いモスグリーンの瞳を見つめ返す。

「……うん。オレたち盗賊団と戦ったことがあるから」

王都へ行く途中、相当な規模の盗賊団とやり合った。もちろん、中心となったのはカロルス様たちだけれど。

一緒に旅をした御者さんを捕まえた。オレの、この手で。

それが、どういう結果になるか知った上で。

「……そうか」

わずかに表情を曇《くも》らせ、キースさんはぽんとオレの頭に手を置いた。

「殺すな。できるな？」

「えっ？」

オレは目を丸くしてきつい瞳を見上げた。殺せと、そう言われると思っていた。冒険者として、甘い考えは捨てろと。

「それができる力があるなら、行け」

視線を滑らせた先からは、大勢の怒号と剣戟《けんげき》の音が響いていた。

「うん……できる！」

オレたちは3人で視線を交わし、乱戦の中へ飛び込んでいったのだった。


「――避けろよユータぁ！」

オレを信頼して振り抜かれた風の刃が、伏せた体の上を通り抜けた。堪らず吹っ飛ばされた盗賊たちが、洞窟を揺らすほどの衝撃で壁に叩きつけられる。水よりも威力は落ちるけれど、今この場では風が最も有効だろう。

「な、なっ……」

派手な攻撃を放ったタクトの姿に、子どもと侮った盗賊たちが動きを止めた。

と、突っ立った盗賊たちが突如、足を天に向ける勢いで次々ひっくり返り始めた。

「な、何が……!?」

おののく盗賊たちに構わず、再びオレが走り抜ける。

「ラキ、ユータに当てるなよ!?」

「頑張るけど～、ユータが動き出したら見えなくなるから無理～。また隙を作ってくれたら狙い撃つよ～」

タクトの背中から、1人につき額に1発、確実に沈めるスナイパーが笑った。

「人って的《まと》が大きいし、動作の予測が容易だね～。簡単な獲物～」

「……お前、それ絶対悪役の台詞だぞ」

オレもそう思う。苦笑しながら2人の元へ滑り込むと、滴る汗を拭った。

「はあっ、はあっ、ちょ、ちょっと休憩～！　タクト、交代！」

「おうっ！」

にやっと笑ったタクトが、オレとタッチを交わして飛び出していった。

「タクトなら、僕も遠慮なく撃てるよ～」

ラキがにっこり笑って再び砲撃の構えを取った。さ、さすがに頑丈なタクトでも、当たったらマズイと思うんだけど。

「じゃあ、タクトの代わりは任せて！」

ラキは遠距離に特化しているから、前衛が必要だ。オレはまず双短剣使いから回復術士にチェンジして、自身に回復を施《ほどこ》した。ひと息吐いて、今度は魔法使いユータにチェンジする。短剣はリーチが短すぎて、誰かを守るのに向いてない。

魔法使いが前衛できないなんて、嘘だよね？

「ユータ、僕ら狙われてるみたい～。僕が邪魔だよね、一旦引く～？」

派手な攻撃のタクトが離れ、オレたちの方が御しやすいと判断されたのだろう。盗賊たちがこちらへ目をつけ始めた。

「大丈夫！」

短剣ユータでは無理だけど、魔法使いユータなら守りきれる。

こちらへ突進してくる盗賊たちを見据え、前へ手を伸ばした。

「電気柵《さく》‼」

バチバチと激しい音と、焦げた匂いが立ち込める。オレたちを囲むように出現した雷《かみなり》の輪が、触れた盗賊を容赦なく吹っ飛ばした。山の畑で一時お世話になった電気柵……ちょっとこれは電流が強すぎるけど。

「――拡張工事！」

ばっと広げた両手と共に、オレを中心に雷の輪が広がって、混戦の場を走り抜けた。

「‼」

「うおおおっ⁉」

あっ、そんなところまで広がると思わなかった。危なげなく避けたキースさんと、野生の勘で辛《かろ》うじて避けたタクトが、オレをじっとりと睨んだ。

「ご、ごめんなさい」

やっぱり屋内（？）で使う魔法は難しい。ラピスのことは言えないなと反省した。

「だけど今のでほとんど壊滅じゃない〜？」
パ、パパパ、と響いた軽い音と同時に、動きの止まっていた盗賊たちが崩れ落ちた。
……うん。今ので壊滅かな。

敵はレンジさんとマルースさん2人とあって、盗賊たちはここで総攻撃を加えていたみたい。

広い空間には、どこから来たのかと思うほどに、たくさんの盗賊が折り重なっている。

シャ、と両手の剣を納めたキースさんが、オレたちの側へやってきた。

「お疲れ様！　あとは、レンジさんたちを待つだけ？」

「そうだ」

じっくりとオレたちの顔を眺め、キースさんはほんの少し安堵したように息を吐いた。

ちなみにレンジさんたちは、キースさんとオレたちに任せられると踏んで、全体の捜索《そうさく》と殲滅に向かっている。ピピンさんは相変わらずお留守ば……退路の封鎖と確保だ。

ここで待つ必要はないと言われ、オレたちはお嬢様のところまで戻ってきた。キースさんはさっきの戦闘スペースで見張りをするらしい。

『おかえり！』

シロがそっと首をもたげ、少しだけしっぽを振った。その白銀の体には、お嬢様とミーシャさんが縋るようにして眠っている。シロの安定した大きな気配は心を落ち着かせるもの。優しい瞳とサラサラの毛並みに包まれたら、緊張の糸が切れてしまったんだろう。

戻ってきたオレたちを見て、セバスさんもほうっと息を吐いた。

「ご無事だとは思っておりましたが、よかった。力があるからといって、参加するものではありませんよ？　……などと、私が言うべきことではありませんが」

セバスさんは苦笑して、少し俯《うつむ》いた。

「自身を守れる力があるのは望ましいですが、複雑ですね……。子どもは、守られてしかるべきです。申し訳ありません、大人に守る力がなくて」

情けないですね、と呟いてお嬢様を見つめた瞳は、きっとセバスさんにしかできないものだ。

「……あのね、オレは攻撃から身を守ることはできるけど、それ以外はダメダメなの。ええと、戦闘が強いからって、全部強いわけじゃなくて……。オレには、守ってくれるカロルス様たちが必要なんだよ。そこのシロやモモたち、それに……タクトや、ラキも」

ちょっと恥ずかしかったけど、２人の名前も足しておいた。だって、２人は今や確実にオレを守る壁の一翼《いちよく》を担《にな》っているもの。

「守り方は、色々あるんじゃないかな？」

「そう……そうですね。ふふ、まさかこんな幼子《おさなご》に慰《なぐさ》められてしまうとは」

「立派な冒険者だからね！」

うふっと笑ったオレに、セバスさんも釣られるようにほろりと笑った。

子どもの心は、弱くはない。だけど……柔い。

些細《ささい》な衝撃でも簡単に形を変えてしまうから。だから大人よりも厚く、大切に守る必要があるんじゃないかな。

「……もしかして」

だから、キースさんはああ言ったの？

……オレは、やっぱり守られているんだな。数年前みたいに、カロルス様たちに囲って守られているのとは違う。あの頃はただもどかしかったけれど、確かに離された手を感じる今は、ただ嬉しいと思った。

守られている実感が、さらにオレの心を守ってくれる。

「なんだか、子どもってワガママだねえ」

オレはくすぐったく天を仰《あお》いで笑ったのだった。

5章　酔狂な回復術士

「——うわあ、本当に違う街に着いちゃった」

見えてきた覚えのない街並みに、つい興奮して言葉が零れた。

無事に洞窟を制圧し、レンジさんたちと合流を済ませたら、オレたちは馬車でエリスローデへと向かった。御者台にレンジさんとセバスさんが座り、道すがら情報のすり合わせを行っているみたい。他の『放浪の木』メンバーは盗賊の監視に居残っているので、馬車の中はなぜか乗せられたオレたちと、お嬢様、そしてメイドのミーシャさんだけだ。

「……あなたたち、迷子《まいご》だったの？」

オレの言葉を受け、お嬢様の瞳が胡乱げに細められる。

「ち、ちがうよ！　オレ召喚士なの。さっきのシロはとっても足が早くて、その子に乗って遠くまで遊びに来ただけで……」

何も間違ったことは言ってないのに、どうしたことだろう、まるで迷子の言い訳みたいに聞こえる。あっそう、と軽く流されてなんとも言えない気分だ。シロが……シロがいれば迷子にはならないんだから！

『ということは、シロがいないとただの迷子ね』

そんなことは……。だってタクトとラキもいるし、チャトが飛んでくれたら街道も見つかるし……。つまり、オレは道が分からないな、と結論づいてしまって、大人しく口をつぐんだ。

「エリスローデって初めて来たけど、きれいな街だね～」

「そうでしょう！　ハイカリクほど大きくはないけれど、同じくらい力を持っているのよ！　エリスローデが食料庫みたいなものなんだから」

「そうなの？　だからこんなに大きな畑があるんだね」

街道からは少し離れていたけれど、エリスローデの周囲は一面に畑が広がっていて、大規模農園の様相を呈《てい》していた。そっか、きれいな川があったし水が豊富なのかな。……スライムがたくさん流れてきたらごめんね。

自慢げなお嬢様から察するに、やはりここの領主様の子どもなんだろうか。そういえば冒険の過程で会ったもので、自然と砕けた口調で話してしまっていた。

「あのー、そういえばお嬢様って貴族様でしょう？　もっと丁寧な言葉を使わなきゃダメ？」

一瞬きょとんとしたお嬢様が、上品にくすくすと笑った。

「平民の子どもにそんな無茶言わないわよ、しかも恩人にね！　ただ、そうねえ。お嬢様、って言われるのは嫌だから、ナターシャ様の方がいいわ」

オレ、もしかすると平民じゃないかもしれない。でも、そういえば貴族の作法とかあんまり習ってないもの、ただの平民冒険者の幼児ということで。ラキとタクトのじっとりした視線を感じつつ、ツンと顎を上げたお嬢さ……ナターシャ様ににっこり微笑んだ。

活気ある大通りはきちんと舗装《ほそう》されていて、リズミカルな蹄《ひづめ》と、小気味よい車輪の音が響く。通りの両脇にはカラフルなお店がぎっしりと並び、知らず知らず気持ちが浮き立ってくる。向こうに流れる川は、街の端から端まで貫いているそう。

「ほら、もうすぐよ！　美しい館でしょう。川の流れる館なんて、そうそうないと思うわ！」

やや小高くなった場所にあった領主館は、土地だけは広いロクサレンの館の倍はあろうかという大きさだ。漂う高貴なオーラだって、あちらにはないからね。

セバスさんの合図で門が開かれると、オレたちは一斉に歓声を上げた。

「わあ！　本当だ、お庭に小川があるんだね！　すごい‼」

「いいな！　庭で新鮮な魚食い放題だぜ！」

「へえ～素敵だね～！　センスのよさを感じるつくり～！　勉強になるよ～」

若干1名は情緒のカケラもなかったけれど、そこにはきちんと庭師が手を入れたであろう美しい庭園が広がっていた。なるほど、ささやかな小川が流れる様は、いかにもエリスローデの領主様という感じだ。これはナターシャ様が自慢に思うだけある。

『だけどこんなにケーキみたいにきれいになってると、穴掘りとかどうするのかな？』

シロがオレの中で困惑している……。あのね、庭で穴掘りしていいのはロクサレンくらいだと思うよ。あそこの庭は概ね訓練場だから。

馬車が停まると、オレたちが先に飛び降りた。

さりげなく差し伸べた手を当然のように取って、ナターシャ様が上品に降りてくる。

「ありがとう。なかなか様になってるわよ」

ナターシャ様の感心したような視線を受け、さらりと微笑んでみせるラキ。

オレとタクトはと言えば、悔しさを滲ませてお互いの顔を窺っている。つ、次に機会があれば絶対にオレが貴婦人をエスコートするんだ。タクトにだけは負けてなるものか。

『だけど主ぃ、手ぇ届かないんじゃ……？』

そんな、ことは……。も、もし万が一届かなくてもシロにおんぶしてもらえば……!!　ぐっと拳を握って顔を上げたオレは、その光景を想像してちょっと項垂《うなだ》れる。

「ナターシャ！」

館の扉からまろぶように飛び出してきた女性が、思い切りナターシャ様を抱きしめた。

「リアーデ姉様！　私は元気よ！」

嬉しげに手を回したナターシャ様は、上気した頬に満面の笑みを浮かべた年相応の少女だ。

オレたちもにっこり顔を見合わせると、これでお役目終了と手を振った。

「じゃあね！　ナターシャ様、街を出る時は気をつけてね！」

「えっ？　何言ってるの？　そのまま帰したりしないわよ」

慌てたナターシャ様がオレの腕を掴んで、お姉様にたしなめられている。

「私を助けてくれたのだもの、お礼をしなきゃ！」

有無《うむ》を言わせない様子にどうしようと視線を彷徨わせ、そろりと離れようとしたタクトを捕まえた。

「うっ！　お前、俺らは遠慮するからお前行ってこいよ！　そういうの慣れてるだろ！」

「慣れてない！　だってカロルス様たちだよ⁉　マナーなんて知らないよ！」

「ちょっとタクト、どうして僕の腕を掴んでるの～⁉」

オレだけ犠牲になってなるものか！　保育園の遠足よろしく一列に手を繋いで騒いでいると、上品な笑い声が聞こえた。

「うふふっ。心配しないで？　お礼の場で礼儀作法についてとやかく言ったりしませんよ。ハイカリクまで帰るなら、もう遅い時間でしょう？　泊《と》まってらっしゃい？」

お姉様がそっとオレの頭を撫でた。ふわっといい香りがする……お貴族様の香りだ。

「で、でもシロがいるから大丈夫……です！」

「そうそう、シロが走ればすぐですの」

相変わらずタクトの敬語は間違っている。まごまごするオレたちがあとずさろうとした時、後ろからぐいっと前へ押し出されてしまった。

「子どもが遠慮なんてするもんじゃありません！　さあさあ、奥様方がいいと言われるのですから、館へどうぞ！」

こちらもしっかり笑顔に圧を載せて、メイドさんが容赦なくオレたちを扉まで押していく。

「お前ら、もっと上を目指すなら、貴族と顔を繋いでおいて損はないぞ」

どちらにしろ報告義務のあるレンジさんがしれっと最後の一押しをして、オレたちはついに押し出し……いや、室内に押し込まれてしまった。

「……そんな畏《かしこ》まらなくていいってば」

ナターシャ様の呆れた視線に、ソファーで固くなっていたオレたちは少し力を抜いた。

レンジさんたちが応接室で話す間、オレたちはナターシャ様と別室で待機している。ちらりと見えた旦那《だんな》様はどう見ても優しそうだったので、密かに安堵した。湯浴《ゆあ》みの準備までしてくれるようで、これはもう完全にお泊まりと見なされている。

「ナターシャ様はここに住んでいるの～？」

まだ少女ながら、紅茶を飲む所作《しょさ》の美しさに感心していると、ラキが切り出した。

「いいえ、しばらくお姉様のところに滞在していただけ。近々お母様と王都の方へ帰るわよ」

今ここにいないお母様はナターシャ様を助けるため、伝手《つて》を全て使うべく奔走《ほんそう》していたらしい。無事の一報は届けられたようなので、間もなく帰宅するだろうとのこと。ちなみにお父様は王都にいるらしい。

「王都から来たの？　オレたち、この間まで王都にいたんだよ！」

「まあ、そうなの？　王都出身だったの？」

王都の話なら共通の話題になってちょうどいい。身を乗り出して嬉しそうな彼女と、オレたちは紅茶を３杯お代わりするくらい話し込んだのだった。


「――オレ、お貴族様にはなれそうにないよ」

苦しくなったお腹をさすり、ぽふんとベッドへ飛び込んだ。お食事は美味しかったけど、やっぱり緊張した……。

『緊張したら、普通は苦しいほど食べられないと思うわ』

『主は、いつ緊張してたんだ？』

してたの！　いっぱい食べたし楽しかったけど、今思うと緊張はしていたの！

合流した『放浪の木』メンバーも一緒だったから安心したけれど、彼らは意外なほど行儀よくて面食らってしまった。あのピピンさんでさえ、見事な手つきでカトラリーを操《あやつ》っていたもの。ちなみにイーナにはどだい無理な話なので、カバンにお菓子と一緒に詰めて部屋へ置いてきていたらしい。

「……お前、貴族だろう」

そう、このキースさんでさえ、そつなく食事していた。おかしいな、ロクサレンで一緒に過ごしていた時は、上品のカケラも感じなかったのに。

「オレ、貴族やらないことにする！　カロルス様の子どもになっただけで、貴族じゃないの」

オレの言い分は鼻であしらわれ、体を起こして口を尖らせた。だけど、作法は知っておいて損はない。知らなければどうしようもないけれど、知っていれば選ぶことができるもの。キースさんたちはちゃんと選べる人たちなんだろう。カロルス様だって、きっと知っているけど『やらない』方を選択している。それはそれでいいと思うんだ。もちろん怒られるし、オレも怒るけど。

ふかふかのお布団にいるせいだろうか、そんな風にロクサレンを……カロルス様を思い出してしまってそわそわする。ざわつく心を逸らせようと、無意識にキースさんを見つめた。

オレたちに割り当てられた部屋は3人部屋が1つ、2人部屋が2つ。ピピンさんが師弟で仲良く寝なよって言ってくれたので、オレとキースさんが相部屋《あいべや》だ。

どうやら武器の手入れが終わったらしく、次々外されていく装備の多さに目を瞬いた。キースさんって軽装だと思っていたけど、どこにそんな色々身に着けていたの？　ゴトリ、ゴトリと置かれるそれらは、とても軽そうには見えない。

「それ、重くないの？」

「……軽い」

絶対嘘だ。ひょいとベッドから飛び降り、キースさんのベッドへ腰掛ける。

無造作に置かれた装備の中から、前腕を覆っていたシンプルな籠手《こて》を手に取ってみた。

「……これが、軽い？」

「鎧《よろい》より軽い」

それはそう！　確かにね!!　だけど重いか重くないかで言ったら『重い』でしょう!?　オレのじっとり見上げる視線もどこ吹く風だ。

「ねえ、どうして防具を服の下につけるの？」

普通はみんな一番外側につけるものだと思っていたのに、キースさんはほとんどを服の下につけていた。そのせいか、どれも相当薄手《うすで》でシンプルを極めたような防具だ。防具を隠す意味なんてあるんだろうか。

「反射する。音も……」

どさっと体を倒したキースさんは、周囲をシャットアウトするように両腕で顔を隠した。

音も、何？　急にめんどくさくならないで！

「うーん。あ、攻撃を受けた時の音？　布越しの方がまだマシってこと？」

モスグリーンの瞳は見えないけれど、微かに頷いたような気がした。

そんな些細な音の差って、戦闘で気になるかな？　反射にしたって、そりゃあ獲物を狙う時なんかは反射しない方がいい。特に夜だとちょっとした光でも目立っちゃうもの。だけど夜に光を使うのなんてヒトくらいじゃないかな？

なんだかまるで暗殺者みたいな――そうか。

「キースさんは、忍者みたいだね」

遠慮なく胸の上に乗り上げると、ぐいと顔を隠す両腕を押しやった。煙《けむ》るようなモスグリーンの瞳が露《あら》わになって、満足して微笑む。

「……ニンジャ？」

「うん、オレの国で有名な……職業？　なんだよ！」

続けろ、と言われた気がしてオレもころりと横になった。柔らかな寝具に、体がほっと寛ぐのを感じる。

だけど、キースさんは少し身を強ばらせたろうか。離れようとする気配を感じて、逃がすまいと服を掴んだ。オレ、怖くないでしょう？　オレだって怖くないよ。子どもに好かれない子ども好きは、どうも泣かれまいと離れる性質があるらしい。

オレは、こんなに落ち着くのに。心地よい安堵感に身を任せ、言葉を続けた。

「忍者って音もなく走ったり、闇夜《やみよ》に紛れて標的に近づいたりするんだ！　キースさんぽいでしょう。あと……そう、手裏剣《しゅりけん》を飛ばしたり、変身したり……カエルとお話し、して……」

「変身？　帰る？」

腑に落ちない低い声がオレの耳をくすぐり、ハッと目を開けた。少しうとうとしていたみたい。だって、今日は色々遊んだし頑張ったしで相当疲れた上、緊張の連続だった。それがもう、マズイくらいに今、気が緩んでいる。

「ええと、うん、忍術を使って……巻物《まきもの》を咥えてね、白い煙が、カエルに……うん、おおきい、かえるにのって……。油はね、そう、かえるの……貴重で……」

カエル……あれ、カエルだっただろうか。もっと茶色くて大きな……ヒキガエル？　ウシガエル？　真剣に考えようと眉間《みけん》に皺《しわ》を寄せてみたけれど、まぶたはもう持ち上がらなかったし、オレの頭の中にまで白い煙とカエルが広がっていった。

「カエル……？」

非常に困惑した低い呟きに、緑じゃなくて茶色の、と言いたかったけれど、そこでオレの限界が来てしまったようだった。

「……見てねえでなんとかしろ」

「ぷぷっ！　いいじゃん、嬉しいだろ？」

……間近く、小さく潜《ひそ》めた話し声がする。いつか聞いたことのあるような台詞だ。どうやら周囲は既に明るくなっているらしい。しがみついた大きな温もりに顔を擦りつけ、ふと違和感を覚えた。

匂いが違う。大きさが違う。

うっすら目を開けると、見えたのは男性の顎と喉仏。金色の無精髭《ぶしょうひげ》がない。カロルス様じゃない。これ、誰だろう？　セデス兄さんでもないような。ぼんやりと顎を眺めていたら、ふと下がった視線がオレと交差した。ああ、そうだった。

ギクリと強ばった体に、へらりと寝起きの笑みを向ける。

「おはよう、キースさん」

「よ、チビちゃんおはよ！」

のけ反ったキースさんからおはようは聞けなかったけど、側から元気な声が聞こえた。

「あれ？　ピピンさんおはよう」

おや、もしかしてオレがしがみついていたからキースさんが起きられなかったんだろうか。

そもそもこんなに体を強ばらせるんだもの、もしかして入眠妨害もしていたんじゃ……。

「ご、ごめんね⁉　眠れなかった？」

跳ね起きたオレの傍ら、キースさんもゆっくりと身を起こした。

「そんなことないよぉー！　もっとずーっとくっついていてオーケーよ！」

なぜかキースさんの後ろでピピンさんが返事している。ぶん、と振られた腕を悲鳴と共に避け、彼は扉まで退避して振り返った。

「ご機嫌なとこ悪いけど、早めに出るってさー！」

ピピンさんは肩をすくめてそれだけ言い残し、飛び出していった。

これはもしかして、キースさんまで寝坊させてしまったかもしれない。しょんぼりと項垂れたオレの頭に、ぽんと大きな手が置かれた。

「別に……眠れた」

そろ、そろと伸びてきた手を不思議に思って見上げると、妙に真剣な顔をしている。まるで蝶《ちょう》を捕まえるように慎重に、ゆっくりと近づいてきた手が、怖々《こわごわ》オレを抱え込んだ。

「？」

まだるっこしく引き寄せられるまま、オレもことんと胸元にもたれてしなやかな体に腕を回す。そういえばキースさんがぎゅっとしてくれるのは初めてかもしれない。貴重な体験に笑みが零れた。さすがに一晩こうして近くにいると、慣れたらしい。

「……むしろ、心地いい」

鋭い瞳がそっと閉じられ、ほんの少し抱き寄せる腕に力が入った。まあ、あったかくてやわやわして気持ちいい、らしいからね。……不本意だけど!!

エリーシャ様たちからよく聞く台詞がキースさんから出たのが可笑しくて、くすくす笑った。強面《こわもて》の青年が、まるでぬいぐるみを抱いて眠る少女みたいだ。オレだって蘇芳とかシロを抱っこして寝ると心地いい。強ばりの解けた体に、どうやらオレにもアニマルセラピー効果があったらしいと、閉じられた瞳をこっそり見上げたのだった。

「……もう行っちゃうの？　もう少しゆっくりしてもいいのよ？」

「ありがとう！　だけど学校があるし、ギルドも行かなきゃだしね！」

早々に発《た》つという『放浪の木』に合わせ、オレたちもナターシャ様たちにおいとまを告げた。ナターシャ様はとても残念そうだけど、貴族のお相手はまだまだDランクには厳しいよ。彼女も近々発つそうだし、家族水入らずで過ごして欲しい。

だけど、今後ランクを上げるなら最低限の作法の習得は必須《ひっす》なんだと身を以《もっ》て知ることとなった。特にタクトは早いところお嬢様言葉を直さなくてはいけない。

「ところで、今日の授業、オレは大丈夫だけど2人は？」

『放浪の木』とも別れ、せっかくだからとエリスローデの街に繰り出したものの、すっかり学校のことを忘れていた。

「大丈夫だろ！」

「僕は大丈夫～。無断欠席にはなっちゃうけどね～」

うん、タクトは多分大丈夫じゃないね。あとで授業内容の復習決定だ。

「知らない街ってわくわくするよな！　なあ、俺また長期依頼とか受けたいぜ！」

「そうだね～Dランクだし、護衛依頼も前より受けやすくなったんじゃないかな～？」

目新しい街並みに心躍るのは、どうやら2人も同じらしい。依頼をこなしながら遠出できる護衛依頼は、オレたちには願ってもないものだ。

「護衛、いいね！　本格的な護衛ってやってないから挑戦したいな！」

守る対象がある分、責任も大きいけれど。だけど、シールドも張れるオレたちは相当向いていると思うんだ。拳を握ってきりりと顔を引き締めたオレに、ラキがちらりと視線を寄越した。

「実力的には問題ないと思うんだけど～」

だけど？　実力があるのに、何か他に問題が？

「見た目がコレだから、牽制《けんせい》が効かないんだよね～。だから、守り抜けるけど襲撃回数は増える、なんて可能性も～」

うっ……。そっか、そうだった。護衛は見た目も大事……。強そうには見えないお互いを見やって、オレたちは深いため息を吐いたのだった。

「もう結構な人がいるね！　でも、ハイカリクより冒険者は少ないのかな？」

朝早くから出たのに、エリスローデの街は既に活気づいている。もしかすると、農業に関わる人が多くて早起きなのかもしれない。

これなら朝食にありつけそうだと、オレたちは露店を覗きながらのんびり歩いていた。

「これ、なんだろ？」

薄桃色で大きな……ゴーヤ？　見たことのないものを見つけ、オレの足が止まる。表面がつやつやしていてオモチャみたいだけど、食べ物なんだろうか。

そうっと持ち上げてみると、結構ずっしりとしている。

「食ってみればいいんじゃねえ？」

タクトは食べられると確信しているけれど、露店に並んでいるからって食べ物とは限らないんだよ？　飾り目的のものもあれば、塗《ぬ》り薬に使うようなものだってあるんだから。

「モモウリはそのくらいが食べ頃だ、美味いぞ！　銅貨3枚、今食うなら切ってやろうか？」

忙《せわ》しげに客の相手をしていた店主のおじさんが、こちらに暑い笑顔を向けた。そう言うってことは、果物みたいに生で食べられるのかな？

「じゃあ、そうする！　今食べる分と、持って帰る分下さい！」

ラピスやシロたちの分、あと他にも見たことのない気になる野菜（？）と果物（？）を次々カゴに入れていると、地べたへ置いていたカゴがひょいと持ち上がった。

「お前、そんなに入れたら絶対持てねえだろ」

会計さえ済ませたら、収納に入れるからいいの！

ちなみにラキは、ふらっといなくなってはいつの間にか側にいる。ほくほくした顔で荷物が増えていくのを見るに、素材を買ってるんだろうなあ。

「腹減った。もういいだろ？　早く行こうぜ……」

確かに、朝ごはんを食べようと思っていたのに、もうブランチくらいの時間だ。オレも1人にしてくれて構わなかったのだけど、タクトは深いため息を吐いてオレの側から離れない。

「あっちの方、食べ物だったよ～」

当たり前のように隣に戻ってきていたラキが、露店街の奥を指した。

しょうがない、タクトが割と限界みたいなので、散策はここらで切り上げかな。

「おいおい、そんなに買ってどうすんだ？　うちは高くはねえけど、金は大丈夫か？」

会計を頼むと、山盛りになったカゴにおじさんが目を丸くした。だけど、オレは立派な冒険者だからね！

「カゴつきで、銀貨4枚で足りるでしょう？　オレ、お料理するんだよ！」

買ったものが料理に使えるのかどうか知らないけれど、あとでジフに聞くんだ！　慌てて会計してくれたおじさんは、キツネにつままれたような顔でオレたちを見送ったのだった。

「甘いね！　これ美味しい！」

「美味いけど……物足りねえ～～!!」

ひとまずは切ってもらったモモウリをいただこうと、オレたちは川岸の石塀《いしべい》に腰掛け、かぶりついている。

器用に縦に3等分されたモモウリは、やはり果物だったらしい。外側と同じく果肉もうっすらと桃色で、上品な甘い香りがする。外側は硬いけれど、中身はとても柔らかい。桃……うん、メロンみたいな食感かな？　果汁が多くて、滴らないように食べるのが大変だ。気をつけたおかげで服は無事だけど、口の周りは大惨事。

「ユータ、顔～」

知ってる。だけどモモウリで両手が塞がってるもので。カロルス様だって割とワイルドに食べるから、オレも大丈夫だと思う。

「こっち向いて～」

大丈夫じゃなかったらしい。苦笑したラキが拭ってくれるのに任せていると、両手に軽い振動を感じた。

「はい、いいよ～」

お礼を言ってモモウリに視線を戻したところで、目を見開いた。

「タクト！　オレのモモウリだよ!!」

半分以上食べられてる!!　慌てて胸元に引き寄せると、キッと睨みつけた。

「だけどユータ、それ食べちゃうとごはんが食べられないんじゃない～？」

……確かに。せっかくだから色々な露店の食事を楽しみたい。オレはもう二口《ふたくち》、大きくモモウリを頬ばると、タクトに押しつけた。

「じゃあ、あげる」

「お前、一番甘いとこだけ食ったな！」

「オレのだもん」

文句を言いつつ、立ち上がったタクトはものの数口で平らげ、皮を袋へ放り込んだ。

「とりあえず、余計腹減った!!」

せっつくタクトに引っ張られるように、オレたちも立ち上がる。これ以上待たせると、小脇に抱えられてしまいそうだ。

「タクト待ってよ、それ収納に入れるよ！」

ざかざかと早足で歩くもんだから、山盛りのカゴから中身が零れ落ちそう。そしてタクトが早足だと、オレは小走りになるんですけど！　抱えられたくないから言わないけど。

「あとでな‼」

どうやらそれどころではないらしい。大きな深いカゴだよ？　相当な重さだと思うんだけど、収納に入れる一瞬も待てないとは……。もう、彼の頭は食べ物のことでいっぱいだ。タクトの冒険で一番ネックになってくるのは燃費の悪さかもしれないね。

飲食関連の露店が集まった場所には、大きな道の両脇にしか店がない代わりに、中央にはフードコートよろしくたくさんの椅子やテーブル、ないよりマシと言いたげな大小様々な木箱なんかが設置されていた。

それぞれ食べ物を選んで座ると、ようやく肉にありついたタクトが至福の顔でキラキラしている。お肉の串《くし》ばっかり、よく5本も持てるね……。

「1つちょうだい？」

あんまり美味しそうなのでねだってみると、口いっぱいに頬ばったまま、ほら、と串が差し出された。

「ううん、ひとつ！」

タクトの手ごと捕まえ、一番上のお肉だけ齧った。一口で食べられるはずもなく、せっせと齧り取るうちにタクトの串は残り２本になっていた。

「うまいだろ？」

「うん、ガッツリお肉！　美味しいけど、そんなに食べられるものじゃないね……」

「お前のはすげーあっさりしてそうだな」

だって、ガッツリだとすぐお腹いっぱいになっちゃう。色々食べてみたいもの。

「あっさりしてるけど、美味しいよ！」

オレが選んだのは、芋粥みたいなものと、白身のお魚の串焼き。見た目からしてあっさりだ。お魚は大きな種類らしく、丸焼きではなく切り身になっている。きつめに塩を振ったシンプルな塩焼きは、炙られた皮がぱりりと香ばしく、崩れないよう細めの串２本で支えられている。

川魚だろうから、パサつくならお粥に入れちゃおうと思っていたんだけど、心配無用だった。脂の乗った白身は、まるでノドグロ……みたいなんじゃないかな。食べたことないけど。

「うん、それ美味しかったよ～。魚だから微妙かなと思ったけど～」

「そうでしょ！　お魚を食べて、お粥を食べるとすごくちょうどいいんだよ！」

この組み合わせが鉄板と言われ、勧《すす》められるままにお粥と一緒に買って正解だ。柔らかく崩れるほどに煮込まれた雑穀《ざっこく》と、甘いお芋のお粥。味付けはしていないらしい。だからこそ、ちょっと塩辛いお魚を食べて、お粥を含むと……。しわっとなっていたお口が一気に甘みを見つけ出して、口腔《こうくう》内が幸せで溢れていく。

タクトに食べさせてみたけど、感想は「まあ、うまい」だった。これだから肉食は!!

一方ラキが食べているのは、野菜とお肉が交互になったシンプルな塩焼きの串。いろんな種類のお野菜が刺さっていたけれど、オレがもらった分は分厚く切られたズッキーニみたいだった。香ばしい焼き目と粗塩《あらじお》を感じた瞬間、とろっととろけるように中身が溢れ、強いかなと思った塩味を中和していく。採れたてのお野菜は、お塩だけで本領を発揮できるんだね。

どれも凝ったものじゃないけれど、涼やかな朝の空気も、青空も、笑い合った3人分の声も、全部が美味しかった。

「さて、腹も膨れたし、これからどうする？」

「うーん……とりあえず、オレはまだお腹いっぱいで……」

露店の喧噪を離れ、オレたちは川のほとりでお腹を休めている。

緩やかな流れがたぷたぷと音を立て、街の賑わいが木々のざわめきみたいだ。

川の流れっていいな。ナターシャ様の館じゃないけど、将来のお家は小さな川のほとりなんてどうだろう。ルーのところみたいに、湖もいいな。森も好きだけど、この世界だと森があると漏れなく魔物も出るからなぁ……。

「ユータ、落ちるよ～」

「……寝たら担いでいくぞ」

耳に吹き込まれたすごむような低い声に、ビクッと身をすくませた。目を開けると、いつの間にかすっかりラキに寄りかかっていたみたいだ。

「お？　起きたな」

「寝てないよ！　ちょっと考え事してただけ！」

とりとめもなく将来のことを思い描いていただけで、決して寝ていたわけじゃない。

「へえ、お前は考え事しながらよだれを垂らすのか」

……こ、これは、さっき美味しいものを食べたせい。

「それで、これからどうするかって話でしょう！」

「あ、その辺りまでは起きてたんだね～」

「で、ギルドに行こうって話の辺りは、寝てたんだな？」

だから寝てな……え？　ギルドに行く話になったの？　いつの間に。

どうやら、午前中にある程度散策は済ませたし、報酬《ほうしゅう》の受け取りも兼ねてこの街のギルドに行ってみようってことになったらしい。ナターシャ様の件で、オレたちにも報酬をくれることになっていたんだ。ついでに、あわよくば短時間で面白い依頼でも受けられたらラッキーってところだ。

到着したエリスローデのギルドは、ハイカリクよりも少し小さいくらい。慣れたオレたちは気負うことなく扉を開けた。

「討伐の依頼とか残ってねえかな！」

「この時間だからね～。さすがにないんじゃない～？」

お昼前なので、ギルド内は比較的空いている。依頼を眺める人たちがちらほら、あとテーブル席に数名がいるくらい。人気の依頼が早朝での争奪戦なのはどこのギルドでも同じだね。

「オレ、薬草採りでいいよ！」

「それ、依頼受ける意味なくねえ？　普通に外出ればいいじゃねえか」

「じゃあ、このまま外に行く～？」

報酬の受け取りと、一応パーティ登録をしておこうとカウンターまで来たものの、それならそれでいいかもしれない。

「――あら、回復術士？」

登録用に差し出していた冒険者カードを見て、受付さんが小さく零した。何かマズかったろうか？　と思ったものの、オレたちは今それどころじゃない。もらった報酬が思いの外多くて3人であたふたの真っ最中だ。返そうにも『放浪の木』はどこへ発ったのか分からないし……。

「えっ？　D？」

再び声を上げた受付さんに、さすがにオレたちも視線を向けた。

「あ、ごめんね。つい……。ここらではその歳でDランクの子なんて見ないから」

「うん、頑張ったんだよ！　回復術士も珍しいの？」

「ああ、それは……そうではなく」

ちらっと流された受付さんの視線を追って振り返ると、目の前を塞ぐ体。

「回復術士が見つかったのか!?」

見上げると、その人は真剣な瞳で受付さんを見つめていた。淡い金髪をひとつにまとめ、傷だらけの防具を身に着けたお姉さん。朝から依頼を受けていたのだろうか。まるで戦闘直後のように、防具には汚れがこびりついている。

「いえ、その……」

言い淀《よど》む受付さんに3人で顔を見合わせ、オレはくいくいとお姉さんの手を引いた。

「回復術士に、なにかご用？」

お姉さんはオレがいることに初めて気付いたような顔で、目を瞬いた。

「あ、ああ。回復術士が出払っていると聞いて待っていたのだが――そうか、君たちのことだったのか。邪魔してすまなかった」

あからさまに肩を落とすと、お姉さんはすごすごとテーブルへ戻っていった。どうして回復術士を探しているんだろう？　大きな怪我をしているようには見えないけれど。

「あの～、あの人は～？」

「うーん。そうね、回復術士がいるのなら説明しても構わないと言われているから――」


「――で、どうすんだ？　お前、どうせ行くんだろ？」

受付のお姉さんから話を聞いて、オレたちは額を寄せ合った。

「うん、行った方がいいでしょう？　２人は？」

「ユータ１人じゃ心配だからね～」

「討伐だろ!?　行くに決まってるぜ！」

そう、お姉さんは大規模討伐の途中らしい。多数のパーティが参加しているので、回復術士もいるのだけど、思ったよりも被害が大きくて手が回らなくなっているそう。回復薬も尽きそうになって、お姉さんを含む数名が急ぎ応援を求めに来たらしい。ちなみに彼女を残し、他のメンバーは既に回復薬を買い込んで討伐に戻っている。

「……………」

落ちつきなく窓の外を眺めた彼女が、ため息と共に立ち上がった。

「私はもう行く。もし、回復術士の当てがあれば、私たちの居場所を伝えてくれ」

「ですが、それでは現場まで回復術士おひとりで向かうことになります。無理があるかと……」

「だが、このまま待ちぼうけていても仕方ない。私も戦闘に戻る」

そっか、回復術士は戦闘できない人が多いから。

「あの。オレ、行けるよ？」

再び裾《すそ》を引くと、視線を下げたお姉さんは苦笑して頭を撫でた。

「ありがとう。だけど、討伐の最中での回復なんだ。戦闘に慣れた人でないと難しいんだよ」

「うん。大丈夫、戦えるから」

「そうか。ではまた今度頼むとしよう」

カロルス様の剣ばりに華麗に流されてしまった。まっったく信じてない。よしよし、とおざなりに頭を撫でて立ち去ろうとするお姉さんに地団駄《じだんだ》踏みたい気分だ。

「お姉さんって、何ランク～？」

「私はDランクだ。さあ、急ぐから離してくれるか？」

そっとオレの手を振り払おうとするお姉さんに、ラキがにっこり笑った。

「なら、僕たちと同じだね～？　応援として、不足はないと思うんだけど～？」

お姉さんがピタリと止まった。

「Dランク……？」

確認するように受付さんに視線を走らせると、受付さんはちゃんと頷いてくれた。

「登録を確認しています。間違いありません」

「俺、回復できねえけど討伐なら手伝えるぜ！　お待ちかねなんだろ？　行こうぜ！」

黙ってしまったお姉さんに、タクトが冒険者カードを掲げてみせる。よし、ここでダメ押しと実力証明といこう。オレは乾いた泥と血の跡が残る手を取って、適当な文句を唱《とな》えてみせる。

ふわ、と包み込んだ柔らかな光が収まると、お姉さんは両手でオレの手を握り込んだ。

「頼まれて……くれるか!?」


「す、すごいなこれは……!!　速い！」

『えへへ、そうでしょ？　ぼく、速いんだよ！』

褒められたシロがぶんぶんとしっぽを振って、ご機嫌に首を上げた。急ぐお姉さんのために、オレたちはシロ車で現場に向かっている。

「しかし、本当にいいのか？　その歳で、只者ではないと思うが……モノアイロスの群れだぞ？　もちろん最優先で君たちを守るし、最悪の事態になる前に離脱させるつもりだが……」

「大丈夫だって、守らなくていいぜ！　俺たち割と強いから」

「ユータは守る必要がないよ～。でもまあ、実際見なきゃ実力も分からないと思う～」

おいおい仲間があんなことを言ってるが、なんて視線にくすっと笑った。

「うん、頼りにしていて。オレ、けっこう強いから」

堂々と胸を張ったのに、困惑の表情はますます強くなってしまった。

「だけど、十分なパーティ数で挑んだんでしょ～？　何かあったの～？」

討伐対象のモノアイロスは、一つ目の真っ黒い猿みたいな魔物らしい。小規模な群れで暮らすのだけど、最近2つの大きな群れがかち合い、争った末に合併してしまったのだとか。結果、突然に大規模な群れが登場する事態になり、慌てて討伐依頼が出たそうだ。

モノアイロスは割と頭がよく、力も強い。集団行動をとれるので、群れが大きくなればなるほど厄介な相手らしい。

「我らも油断していたわけではなかったのだが。想定されていた数より明らかに多いようだ。もしかすると、さらに別の群れが合併しているのかもしれん」

「戦闘している人たちは、大丈夫なの～？」

参加しているのはDランク以上のパーティらしいので、そう滅多《めった》なことはないはずだと言う。

「……たとえ敗北を喫《きっ》しても、撤退はできるはず。しかし撤退となると、近隣の村がな」

お姉さんはそう言って眉根を寄せた。

「だけど、どうして急にそんな大きな群れになっちゃったんだろうね。他の群れとくっついちゃうことなんて、今までなかったんでしょう？」

「魔物など、何を考えているか分からん。たまたまではないか？」

魔物は動物とは違うけれど、それでも生き物としての生態がある。ある日突然生態が変わるなんてこと、あるんだろうか。

「頭のいい魔物なんでしょ～？　群れは大きい方が有利だって気付いたんじゃない～？」

「ユータみたいに変わり者のヤツもいたんじゃねえ？」

タクトが失礼なことを言いつつぽんぽんとオレの頭を叩いた。

「お、オレは変わり者じゃないでしょう⁉」

「じゃあ、特殊？　お前の影響で、俺らの学年がちょっと他と違うのと一緒なんじゃねえの？」

そ、それはオレのせいじゃ……ないとは言いがたいけど‼　だけどオレは実用的（？）な考え方を広めただけで……‼

「ほら、見えてきた。あの森だ」

反論しようとしたところで、レイさんの声が割り込んだ。細い指が示した先には、なんの変哲もなく木々を揺らす森が広がっている。彼女はなんとかかんとかレイリャーナさん、という名前だそうだけど、長くて呼びづらいのでレイと呼ばれるらしい。

「森の外への撤退は、していないようだな……」

長い髪が、風に煽《あお》られてオレの頬をくすぐった。露わになった長い耳が不思議で、つい視線を留めてしまう。レイさんは校長先生と同じ、エルフっていうヒトだ。こうしてみると、ヒトって割といろんな種類があるんだな。

「どうかしたか？」

「ううん。校長先生と同じお耳だなと思って」

校長先生は学校でもあんまり見かけることがないので、オレにはエルフって種族自体が珍しく思える。きっと街中にはいるのだろうけど、森人と違って髪色が違うわけでもないから気付かないんだろうな。

「校長？　ああ……あの変わり者の婆《ばあ》さんか」

「知ってるの？　だけどお婆さんじゃないよ、きれいなお姉さんだよ」

「見た目はそうかもしれんが……」

レイさんが苦笑した。そういえば校長先生は開校当時の記念画にも、あのままの姿で描かれていたっけ。森人もエルフも長寿で見た目が変わらないし、ヴァンパイアもそうだって言ってた。とすると、もしかしてオレたちってヒト族の中でとりわけ短命なんだろうか。

「じゃあレイさんも、もしかして見た目よりずっと年上なの？」

若く見えるけれど、全然違ったりするのだろうか。じいっと見上げると、険しかった表情が緩んで悪い笑みが浮かんだ。

「さあ、どうだろうな。どう思う？」

し、しまった。聞いてはいけない質問だった。口ごもってあわあわしていると、レイさんはまた前を向いた。翻《ひるがえ》った髪が再びオレの顔を襲い、ひんやりした感触と柔らかな香りが鼻先を掠《かす》めていく。

「験担《げんかつ》ぎだ、帰りに教えるとしよう」

いたずらっぽい笑みに、それってどっちかというとフラグってやつな気がする、なんて苦笑したのだった。


「な、なあ……君は回復術士じゃなかったか？」

「そうだよ？　だけど召喚士でもあるよ！」

にっこり笑ったオレに、レイさんが納得いかない顔でチャトを見つめている。

森の中までシロ車は入れないので、みんなはぎゅう詰めでシロの背中に乗り、オレは喚《よ》び出したチャトに乗った。

『おれは、走るのに向いてない』

飛行担当のチャトはぶすっとしているけど、それでもオレが走るよりも早いもの。リズミカルに走るシロの後ろについて、チャトは木々を蹴るように跳躍《ちょうやく》しながら進む。飛べれば早いんだけど、木々の密集した森の中では難しい。

『ゆーた、もうすぐ！　このまま行っていい⁉』

「いいよ！　みんな、大丈夫だよね？」

「おうっ！」

「タクト、僕を頼むよ～？」

レイさんだけ状況を飲み込めてないけど、シロに乗っているから大丈夫だろう。

レーダーで見るに、人がたくさんいるけれど、モノアイロスと思われる魔物はもっとたくさんいる。これは、ゴブリンの村並みじゃないだろうか。

そして、人の方が押されている……そんな気がする。

剣戟が間近に聞こえ始めた時、シロが大きく跳躍して藪《やぶ》を飛び越えた。

「よしっ！　行くぜ‼」

言いざま、タクトがラキを小脇に抱えて飛び降りる。続いてしなやかに着地したチャトは、役目を果たしたと言わんばかりにすぐさま小さくなって、木の上で毛繕《けづくろ》いを始めてしまった。

目の前に広がるそこは、まさに戦場。元から拓《ひら》けているのか、それとも戦闘によって拓けたのか。森の中に出来上がった空間は、大勢の人と魔物で溢れていた。

汗と、血と、内臓と、土と、獣の臭《にお》い。あらゆるものが焼ける臭い。そして、なぎ倒された草木の青い匂い。

戦争というのは、こんなにひどい臭いがするのか。解体には慣れたはずの体が、それでも少し震えた。

『主ぃ、だいじょぶなのか？　俺様は戦闘なんて慣れてるけどな！』

温かい小さな手が頬に触れ、やわらかな感触にふわりと笑った。

「大丈夫。オレはDランク冒険者だから」

こくりと唾液《だえき》を飲み下し、オレは淀んだ空気で深呼吸した。

「くっ……みんな、どこだ!?　戻ったぞ！」

シロから滑り降りたレイさんが歯を食いしばって視線を彷徨わせている。かろうじて混戦にはなっていないけれど、このわずかな間にも冒険者さんたちの防衛ラインがどんどんと後退してきているのが見て取れた。

必死に戦う顔に見え隠れするのは、色濃い敗戦の文字。飛び込んできたオレたちを気に留める余裕もない状況に、きゅっと唇を結んだ。劣勢ムードが強すぎる。

だったら！　流れを変えるのが……助っ人の役目!!

「シロ、気配を強めて！」

『わかった！』

途端、リィンと周囲の空気が澄んだ気がした。淀んだ霧が晴れていくように、重い気配がシロを中心に押し流されていく。自然と集まった視線の中で、白銀のフェンリルはうっすらと余裕の笑みを浮かべた。

ゆっくりと息を吸い込み、たっぷりとした動作で鼻面を天に向け。

「……アオオオォーーーーン」

堂々たる強者の咆吼《ほうこう》。

味方の心を震わせ、敵の足を震わせるそれに、攻勢だった魔物が一気に及び腰になったのを感じる。そこへ図ったようなタイミングで、ドウッと炎が上がった。

「『希望の光』、来たぜ！」

タクトの炎の剣が、派手に魔物を吹っ飛ばしていた。華やかな魔法剣は、ハッタリにも抜群の効果を発揮する。これも一種の戦闘センスだろう。冒険者たちの目に映った炎が、消えることなくその瞳に光を宿していたから。

と、鉄板に小石を撒《ま》くような軽い音と共に、悲鳴を上げた魔物が次々蹲っていく。異様な光景に、魔物からも冒険者からも動揺とざわめきが広がった。

「ふふっ、密集していると、どこに撃っても当たるね～。Dランクパーティ、『希望の光』参戦します～！」

じんわりと不穏な笑みを浮かべたラキに続き、オレも慌てて声を上げた。

「回復が必要なら、オレに！　ユータ、って呼んで！」

目立つシロに飛び乗って、いっぱいに両手を広げた。ふわっと広がった回復の光が、オレの周囲にいた冒険者さんたちを包み込んでいく。

裂けた皮膚がみるみる塞がり、白かった顔には血色が戻る。枯れていた表情が驚きに変わり、そして泣き顔と笑みに歪んだ。

子どもが３人。だけど、もう冒険者さんたちの目に不安の色はない。

ちゃんと認めてもらえた。オレたちは助っ人になり得るって。守護対象じゃないって。

「野郎ども！　チビに負けてんな！　押し返せー!!」

誰かの発破《はっぱ》と共に、野太い声がうねりを上げた。

魔物をいくらか倒しただけ。数人回復しただけ。だけど、流れは変えられた。

上首尾に笑みを交わすオレたちの隣で、レイさんだけがぽかんと口を開けて佇んでいたのだった。

＊＊＊＊＊

——逃げようか。

そんな考えが男を掠めては消える。消しているんじゃない、消えてしまう。必死の攻防に、そちらへ考えを回す余力がなくて。

全力の戦闘とは、一体何時間続けられるものなんだろうか。むしろ、自分がここまでやれることに驚いていた。手持ちの回復薬などとうに尽き、周囲も大差ない状況に思える。

どこで拾ったのか、魔物が力任せに振り回す剣は、半ば欠けた無残な有様《ありさま》だった。けれど、なんの技術もなくとも、モノアイロスはただ力が強い。振り下ろされたぼろぼろの剣を受け止め、疲労にぐらついた。ここぞとばかりに再び無造作に振りかぶられた剣は、受けるより流すべきだ。刹那の判断で握りを変えた瞬間、剣は目の前にあった。男は、忘れていた。モノアイロスにとって剣など、石や棒きれと同じ。至近距離で投擲《とうてき》された剣に目を剥き、体勢を崩しつつも払いのけたのが先か、右腕に焼けつくような痛みと重量を感じたのが先か。

「くっ——そがぁ!!」

右腕を持っていかれる恐怖よりも、押し倒される恐怖の方が強い。戦闘中に背中を地面につけてしまうこと、それは大体が終わりを示す。食らいつかれた右腕をそのままに、払い腰の要領で地面へ叩きつけ、同時に左手でナイフを突き立てる。

死んだか確認などしない。陰った頭上を見上げるより早く、抜いたナイフを振った。ざあっと降る液体と重い手応えに、思ったより深く刃が通ったことに安堵して次を見据える。己《おのれ》からか、浴びたものか、滴る生臭い臭いは、既に辺り一帯に充満していて気にならなかった。

右腕の状態は見ない。どうせ動かない、長剣はきっと持っていない。今、それどころではなかった。圧倒的に短くなったリーチの中、男はまるでさっきのモノアイロスのようにめちゃくちゃにナイフを振り回して周囲を牽制していた。

魔物が、近すぎる。逃げられない。

避けきれない刃が、棒が、爪が、徐々に体のあちこちを掠めていく。

考えるのはただ、死にたくない。それだけだった。徐々にぼやけてくる世界の中、見えるのは黒ばかり。ふ、と大ぶりになったナイフの軌道《きどう》から、黒いものが消えた。

「——!?」

足を掴まれたと気付いた時には、視界が魔物の群れから青空へと変わっていた。どすん、と背中からの衝撃と共に意識が飛びそうになる。

青い空に黒い魔物の顔が大映しになった時、確かに聞いた。空気を切り裂くような遠吠えを、魔物たちのどよめきを。朦朧《もうろう》とする意識の中、これで最後とばかりに魔物にあてがった左手を引ききった。勝利を確信し、気を逸らせた魔物が悲鳴を上げて男の上から転がり落ちる。

――回復が必要なら……呼んで。

場違いな声が聞こえた気がした。

流れが、変わる。暗く蝕《むしば》むようだった空気が塗り替えられていく。

そうか、回復術士が、増援が来たらしい。戦場に来る酔狂《すいきょう》な回復術士がいたなんて、驚きだ。

少々、遅かったけれど。

「ユー……タ？」

朧《おぼろ》げに聞こえた高い声は女のようだったが、これなら男の名前だろうか。

だけどどうやら今、早急に自分に必要なのは、回復よりも盾《たて》か剣らしい。目の前で剥かれた牙を見つめ、男はそれでも弱々しくナイフを上げた。

瞬間、横切った白い風にナイフが弾き飛ばされ、黒かった視界が白銀と青になった。

「来たよ！」

『あ、ごめんね。包丁蹴飛ばしちゃった』

頬に添えられたふくふくとした柔らかな感触。どう聞いても高い声に、男は最後まで閉じなかった瞳を瞬いた。

青空を背に、覗き込んだのは間違いなく幼児だった。声を上げようとして、しかし、もうどんな疑問も言葉にはならなかった。

痛ましげに潤んだ瞳が、ひたりと男に視線を合わせる。漆黒の瞳も、はらりと落ちた髪も、今の今まで文字通り死ぬほど見ていた色なのに、全く違う色に見えた。誰かに見守られながら逝《い》くのは、存外いいものかもしれない。男は、どことなく満足する自分を感じた。

「……回復するからね！」

もういいか、とまぶたを下ろそうとした時。頬に触れた手から、とぷりと湯に浸かったように全身が温もりを帯びて緩んでいく。急激にクリアになっていく思考についていけず、男はぼんやりと漆黒の瞳を見つめて目をしばたたかせた。

「ついで！」

にこっと微笑んで頬から手を離した幼児は、そのまま両手を天に伸ばしていっぱいに広げた。ふわっと広がった光は、周囲の冒険者まで包み込む。傷や疲れと共に、萎《しお》れた心が再び顔を持ち上げるのを感じた。士気が上がる瞬間を見た気がした。

何でもないように、ふう、とひと息吐いた幼子が、立ち上がって膝《ひざ》をぽんぽんと払う。

冗談のように小さな手、小さな足。丸みを帯びた頬に、水分が零れそうな口元。大柄な冒険者の中で、それはまるで動くぬいぐるみのようで。

「――っ危ない！」

幼子に向けて振り下ろされた棍棒《こんぼう》に、呆けていた男は跳ね起きた。踏み込みと共に、腰へ伸ばした右手が空ぶって呼吸を止める。……剣が、ない。

生死を分ける一拍に、息を呑んだ。

「危なくないよ！」

ほんのわずかに体を開いた幼子を掠め、叩きつけられた棍棒が地面を抉《えぐ》った。思わず安堵した次の瞬間、モノアイロスの首が前へ転がり落ちる。男と一瞬絡んだ1つしかない目は、地面に転がって光を失う瞬間まで、勝利を確信していたように見えた。

次いで、軽い音と共に空中にあった小さな体が着地する。見上げてくる漆黒の瞳は恐怖も高《こう》揚《よう》もなく、ただ静かな湖面のようだった。

「大丈夫？」

呆然と頷く男に、大きな犬がしっぽを振って咥えたナイフを差し出してくる。思わず受け取ったものの、きらきらする水色の瞳に、何かを期待されている気がして戸惑った。苦笑した幼子が違うよ、と撫でると、心なしか振られたしっぽが下がった気がする。あからさまに輝きを減らした瞳の落胆《らくたん》具合を見て、何がなんだか分からないままに言い訳を探したくなる。

と、少しへたりとしていた三角耳がピンと立った。

「うん、行こう！」

駆け出すのが先か、騎乗するのが先か。一瞬手を振った幼子の幻影を残して、彼らは視界から消えていった。

＊＊＊＊＊

さすがは、Dランク以上の冒険者たち。この状況でよく踏ん張っている。

士気が上がった影響で冒険者たちが後退から前進を始め、戦線が乱れ始めた。混戦になりつつある最中、声を張り上げながら戦場を駆ける。

「ユータだよ！　回復が必要なら呼んで！　助けてって言って！」

助けを呼ぶ声は、シロが拾ってくれる。オレも探すけど、自分が危ないと思ったら声を上げて！　できるでしょう、Dランクなら。回復の蝶々《ちょうちょう》はオレの最終手段。必要なら使うけど、必要ないなら使わない。

忙しく周囲に向けられていた三角の耳が、ぴくりと動いた。同時に、オレも消えそうな光をレーダーで確認する。

『間に合う』

白銀のラインとなったシロの背で、蘇芳の静かな声が聞こえた。大丈夫、蘇芳がいる。上手くいく。

「来たよ！」

シロは周囲の魔物を吹っ飛ばして、ギリギリで割り込んだ。間に合った安堵もそこそこに、すぐさま回復魔法を発動させる。

ややあって飛び起きたところを見るに、もう戦うも下がるも可能だろう。ただ、丸腰はまずい。武器はないかと周囲を見回した時、シロがナイフを差し出した。わざわざ探してきたみたいだけど、ナイフよりはそこらに落ちている長剣の方がいいんじゃ……。受け取る冒険者さんも微妙な表情だ。

『包丁、持ってきたよ！　多分、この魔物は美味しくないと思うけど……上手にお料理できたら分けて欲しいな！』

嬉しげなシロに、かくりと力が抜けた。そ、そっか。包丁……お料理する人だと思ったんだね。確かに、オレが料理に使うナイフや包丁と似たサイズかもしれない。

『違った……？　前に臭いお肉も美味しくなったから……』

シロは臭いライグーが絶品料理になった衝撃を覚えていたらしい。オレはどうも……いくら美味しくなったとしても、こういったヒトっぽい魔物は食べられそうにない。

勝手に期待して勝手にガッカリされた冒険者さんが何か言いたげな顔をしているけれど、説明の間もなく再び三角のお耳がピクリと反応した。

『ゆーた！　呼んでる！』

「行こう！」

戦闘が終わったら、たくさん美味しいお肉を食べさせてあげよう。

鼻が麻痺《まひ》しそうな生臭い臭気の中、そんなことを考えた自分に少し眉を下げて苦笑した。

「くっそー！　俺にもっと魔力があればなぁ……」

「派手に火を吹き上げるから～。もっと魔力を薄～くまとえばもう少し使えるんじゃない～？」

「そんなの火の剣じゃねえ！　だって火なら派手な方がいいだろ!?　水だったらな～！　近くに川や湖があればさ、もっと活躍できんのに！」

戦場を駆け回って一旦戻ってくると、タクトは魔法剣でなく普通の剣士として戦っていた。どっちにしろ混戦になってしまうと危なくて魔法剣は使えないんじゃないかな。

「お、ユータもういいのか？」

「おかえり～」

賑やかな声を聞くに、２人ともまだ余裕はありそうだ。

「ただいま！　２人は大丈夫？」

「余裕だぜ！　魔力はエビビでぎりぎりだけど！」

「まだ大丈夫だよ～。タクト、エビビは送還すればいいんじゃないかな～？」

エビビは一応召喚獣なので微々たる魔力を消費している。タクトの魔力が増えたのは、こうして寝ても覚めても常に消費している魔力のおかげもあるけれど、水を使わない戦闘時くらい送還してもいいんじゃないだろうか。

「エビビは相棒だろ？　送還なんて言うなよ！」

「いや～相棒でも普通は召喚獣ってそういうもの……ああ、身近にダメな見本がいるもんね～」

砲撃の合間にちらりとオレを見て苦笑する。そっか、召喚獣って普通は必要な時だけ喚び出すものだもんね。召喚し続けているのは普通ではなかった。

でもオレの場合、送還したってみんなオレの中に戻るんだもの、同じじゃないかな。また召喚の魔法陣から呼び出すのは面倒だもの。

『だけど、これだけ召喚獣が多くなると負担じゃないかしら？　送還して構わないのよ？』

『ぼく、イイコで待ってるよ！』

「大丈夫だよ、オレの中にいれば魔力消費しないし」

それに、万が一戦闘なんかで消費が多くなった時は、周囲の魔素《まそ》から補うこともできる。

今はまだ余裕があるけど、生命魔法って割と魔力を食うので疲れる。戦闘はまだ続くだろうし、今のうちに魔素を取り込んでおこうか。

「……あれ」

周囲の魔素を吸収しようとタクトたちの後ろへ下がったものの、広げかけた腕を下ろした。

「なんか、嫌だな。魔素って変質したりするのかな」

食わず嫌いはよくないかもしれないけど、ここの魔素は何か嫌だ。魔素は魔素だけど……汚れている、と言ったらいいのか。

「なんだか、『嫌な感じ』に似てるかも」

嫌な感じとか呪《のろ》いっていうのは、邪《じゃ》の魔素みたいなものだってルーは言ってた。シロの咆吼でここら一帯の重苦しい感じはかなり薄まっていたのだけど、いざ感覚を尖らせてみると、やっぱり淀みは残っている気がする。戦場の雰囲気と臭いで気付かなかったけれど、うっすら嫌な感じがするような……。

これを凝縮《ぎょうしゅく》したら、それこそ呪晶石《じゅしょうせき》ができそうで――

「もしかして、こういうところで呪晶石ができるのかな。ワースガーズの群れの時だって……」

ワースガーズは『草原の牙』と一緒に受けた依頼だったけど、本来数匹の群れのはずだったのに、ものすごい大群になっていて……。ならそもそも、この魔物の集まり具合からして呪晶石の影響があったりしないだろうか。

オレの脳裏には、先日のドラゴンと見紛《みまが》うばかりになったアリゲールの姿がよぎった。

「ね、ねえ！　もしこの魔物が呪晶石に集まってるんだったら、あのアリゲールみたいなのがいるかも！」

慌てて2人に説明すると、どこか納得したような顔でオレを見た。

「あるかもなー、お前がいるし」

「オレは関係ないよ!?」

そもそもこの戦闘に参加したのだって偶然なんですけど!?

「ユータがいるといろんなことがあり得るもんね～。だけどそれならギルドの方でも可能性を考えてるんじゃないかな～？」

オレたちは依頼内容の詳細までは知らない。ひとまずレイさんを探して視線を彷徨わせると、たなびく淡い金髪が目に留まった。

背の高いレイさんだけど、戦場ではとても身軽だ。力の強いモノアイロスに細身の剣は不利に思えたけれど、ごく小さな魔法を多数併用してスピードと手数重視の戦法のようだ。

安定した戦いに、つい『草原の牙』を思い出してくすりと笑った。レイさんがDランクなら、彼らのランクアップはもう少しかかるかもしれない。

「レイさーん！」

危なげなく1体を屠ったところで声をかけると、振り返った彼女が笑みを浮かべた。

「やってくれたな。これなら、あとはもう問題ないだろう。君たちは後方で――」

駆け寄るオレたちに言いかけたところで、飛びかかる1体に向き直った。

手のひらサイズの火魔法の連撃、怯《ひる》んだところへ――。

「レイさんっ⁉」

あろうことか、そのモノアイロスは火魔法をものともせずに突っ込んだ。簡単に振り払われ、受けた細剣と共にレイさんの体が宙を舞う。

「っし！　ユータ！」

自分よりも大きな体を難なく受け止め、タクトがオレに視線を寄越した。入れ替わるようにラキが魔物の前に立ち塞がる。だけどラキは後衛だもの、近接戦闘は少々難しい。

「すぐ戻るから！　モモ！」

『任せて！』

その場をラキとモモに任せ、戦場把握と周囲の掃討《そうとう》にシロを派遣して走り出す。

抱えられたレイさんは、脂汗を流しつつ立ち上がろうとしていた。

「だい、じょうぶだ。すまない、剣がなくとも魔法が使える……」

全然大丈夫じゃない！　ぶらりとした腕を含め、まとめて回復の光で包み込んだ。

「ああ……ありがとう。守るはずが……本当にすまない」

ほうっと息を吐いたところで、呪晶石のことを尋《たず》ねてみた。

「いや、可能性はあったが、群れは移動している。呪晶石に集まるのなら1カ所から動かないのが普通だ。報告では群れに特殊な個体もいなかったために、呪晶石関連は否定されている」

ほっと安堵したところで、悲鳴に振り返った。1体のモノアイロスが、冒険者たちをなぎ払っている。きっとレイさんを吹っ飛ばしたやつだ。

「あれが群れのリーダーだろう。最も強い個体のはずだ」

もはやこちらの勝利も時間の問題となったことで、マズイと思って出てきたのだろうか。

『主ぃ、ボスってあんなに強いのか？』

屈強な冒険者がまたも吹っ飛ぶ様に、駆け戻りつつ首を傾げる。確かにモノアイロスは力が強いけど……個体によってあそこまで差が出るだろうか。もはや他のモノアイロスなど比較にならず、襲いかかるのを妨害できているのはラキだけだ。それも、妨害にしかなっていない。

「なんか、変だよ～！」

一気に流れ始めた汗を拭うこともせず、ラキが休む間もなく砲撃を撃ち続けている。苛立ったモノアイロスが、ピタリとラキに視線を定めた。

「ぐうっ！」

咆吼と共に突っ込んできた体を、タクトが真正面から受け止めた。ぱぁんと弾けるような鈍《にぶ》い音と共に、お互いの体がぶつかり合う。密着状態から振り下ろされようとする棍棒を、タクトが押さえた。折れると判断したのだろう、鞘《さや》ごと用いた長剣で棍棒を押し返そうとしているけれど、その足がずり、と下がったのを見て目を剥いた。

「タクト⁉」

身体強化に特化したタクトの力は、並みのDランクや魔物以上。そうそう力負けなどしない。

「お、かしい、ぜ！　モノアイロスの、力じゃ……ねえ！」

食いしばった歯の間から漏れる台詞に、ハッとその魔物を見つめた。

「他のモノアイロスなら貫けるのに、いくらなんでも硬すぎるよ～」

言いつつタクトの背後からの足先、指先を狙った精密射撃に、今度は魔物が悲鳴を上げて飛びすさった。

「ねえ！　そのモノアイロス、きっと呪晶石を取り込んでるよ！」

アリゲールほどではないけれど、確かに感じる嫌な気配。オレの台詞に、じりじりと周囲を囲んでいた冒険者も目を見張った。

飛びすさった魔物と睨み合う中、半信半疑の視線が集まっていく。

「そんなワケねえだろ⁉　見た目は何も変わってねえし、強めのボスってだけじゃねえのか？」

肩で息をする彼は、反撃の狼煙《のろし》を上げた人だ。リーダー格みたいだから、きっとCランクなんだろう。あれが向こうのボスなら、この人がこっちのボス。

「でも他のとは全然違う、魔法が通らない～。他のはこんなに簡単に通るのに～」

言いつつ、冒険者さんの背後を狙っていたモノアイロスを撃った。きれいに眉間への一撃で仕留めたラキに、明らかに周囲が引いている。

「あいつ、めちゃくちゃ力強いぞ！　防御に自信ないと危ねえかも。お前だとぶん殴《なぐ》られたら木っ端微塵になるんじゃねえ？」

ふう、と息を吐いたタクトが腕をさすった。それはつまり、タクトもオレを木っ端微塵にできるってこと？　そんなわけないよね、と思ったところで、マリーさんとエリーシャ様が脳裏をよぎって口を閉じた。できる。絶対できる、もしくはできるようになる。もしやタクトって剣より体術を習う方がいいんじゃ……。

そんなことを考えるうちにも、冒険者さんたちがじりっとボスを囲み始めている。

いくら強くても、この数の冒険者がいるなら問題ないはず。それにアリゲールの時より感じる気配が小さいもの、脅威度はあれより低いだろう。

油断なく囲みを完成させようとした時、ささやかなボスのひと鳴きで、他のモノアイロスたちの動きが変わった。

「くそ、守ろうってのか！」

残った全てのモノアイロスがどんどんボスの周囲へと集まってくる。負けじと冒険者さんたちも集合するけれど、いかんせん元々の数が違う。もう、囲みの中はぎゅうぎゅうの満員電車状態だ。

「あ……見失っちゃう！」

「ちいっ！　逃げる気か⁉」

慌てた冒険者さんがボスを狙うものの、怒濤《どとう》のように押し寄せる魔物の壁に阻まれてしまう。

みるみる埋もれていくボスが、オレたちを嘲笑《あざわら》ったように見えた。

と、鋭い音と共に、群れの中から微かな悲鳴が響いた。

「左耳～！　左耳が欠けたモノアイロスがボスだから気をつけて～！」

「よっしゃ！　ラキ、ナイスだぜ！」

さすがラキ！　小さな目印ではあるけれど、ないよりはずっとましだ。

「頑張っても耳くらい～。アリゲールよりは硬くないけど、剣で切れるのかな～？」

相当集中して撃ったらしく、ラキはオレたちの後ろで目を閉じてこめかみを揉《も》んでいる。信頼してもらって嬉しいけど、今、怒ったモノアイロスの集中攻撃受けてるよ？

「みんなが避けてくれたら、大きい魔法使えるのになあ」

「これ、全部倒さなきゃボス倒せねえってやつ⁉」

倒しても倒しても押し寄せてくる魔物にうんざりとため息を吐く。特にラキが狙われているので、オレたちへの攻撃は一段と激しくなっている。

「どっちにしても殲滅戦だったんだろうけど～、それよりも――」

「ぐあっ！」

悲鳴と共に吹っ飛んだ大きな体が、木へぶつかって止まる。慌てて駆け寄った側を、もう1人吹っ飛ばされた人が転がった。

「ボスだ！　気をつけろ、囲め！」

「一対一になるな！」

左耳の目印のおかげで、対峙した瞬間に構えることができている。できているけど、致命傷を防ぐことで精一杯だ。すぐに他のモノアイロスに紛れてしまって、ボスに攻撃を集中することができない。

「くっそ！　ボスを見つけたらCランクで囲め！」

「どこにいるか分かんねえよ!!」

いたぞ、の声も悲鳴もあちこちで聞こえるように思う。囲い込みさえすればなんとかなるのに……!

「あっ……」

オレははたと思いついた。方法はあるかも！　だけど、危険もある。

「ぐうっ!!」

また1人、ボスにやられたらしい。危険はあるけれど……やった方が被害は少ない！

「行くよっ！　大きい魔法使うからっ！　ボスがいたら、教えてー!!」

懸命に声を張り上げ、ぴたんと地面に手をついた。

「ロシアンルーレット!!」

ズッ、と地面が震動《しんどう》した。オレのイメージに沿って、みるみる土壁が立ち上がっていく。こうなると、モノアイロスがひとところに集まってくれていたのが助かるくらいだ。

完成した土壁は蜂《はち》の巣《す》のように小さな区画を形成し、冒険者さんとモノアイロスをいくつものブロックに割り振った。この中のどこかに、ボスがいる！

「う、うわあ!?　こ、ここだ！　助けてくれ！」

『分かった！』

「行くぜ！」

声をかける間もなく、三角のお耳をピッと立てたシロが飛び出した。その背にはタクトを乗せ、あっという間にボス区画へ飛び込んでいく。

よし、そこだね！　ふらりとしそうな体を立て直し、ボス区画以外の壁を全て崩した。

「ボスは、あそこ！」

ぴたりと指さした、誰の目にも明らかな土壁。雄叫びと共に、冒険者さんが集結していく。

「Cランクで囲め！　Dは囲いの外で他を倒せ！」

リーダーさんが指揮をとってCランクが土壁を囲み、Dランクが背中を合わせるように外へ向かって囲んだ。

「崩すよ！」

「おうっ！」

気合いの入った腹からの声が応え、冒険者さんたちが崩れた土壁へさらに包囲の輪を縮めた。

土埃《つちぼこり》が収まると同時に、一気に掃討戦が始まる。Cランクにとって普通のモノアイロスは雑《ざ》魚《こ》だもの、囲みの中に取り残された魔物はみるみる数を減らしていく。

「ユータ！　こっちだ！」

タクトの後ろには怪我人がまとめられ、シロが守りを固めていた。幸い大怪我はないようで、安堵しつつまとめて回復の光に包み込んだ。

「あれ、ラキはどうした？」

「モモとあそこにいるよ」

「……派手にやってんなぁ」

物見台《ものみだい》のように高い土の柱の上で、気付いたラキが手を振った。

スナイパーはやっぱりこうでなきゃ。落ちたら危ないので頂上にはぐるりと壁を立ち上がらせている。そんな工夫をしていたら余計に魔力を食って、少々疲れてしまった。回復術士として活動する時は、なるべく他の魔法は使わない方がいいかもしれない。

「で、ボスの方は……大丈夫そうだな」

「加勢に行かなくてもよさそうだね」

完全に包囲された中、ついに1体だけ残ったのは、左耳の欠けたモノアイロス。おそらくBランク相当の魔物になっていると思うけど、ここまでCランクが揃って囲んでしまえば問題ないだろう。この魔物の真の恐ろしさは群れにある。

「とどめを刺すとこまでやりたかったけどな！」

「もう十分目立っちゃったよ」

もはや袋叩き状態の戦闘を見やって、オレたちは顔を見合わせDランクの囲いへと駆け出した。

右手で一閃、勢いのままくるりと回って左手で一閃。返した両手で正面へ突きを放つ。囲いの外のモノアイロスも、着々と数を減らしている。ここまでくればもうあとは時間の問題だ。

「ボスを仕留めたら、それで終われそうだね。あとは――」

「美味いメシ!!」

袈裟《けさ》懸《が》けに斬り下ろしたタクトが、肩越しに視線を寄越してにっと笑った。

オレも釣られてふわっと笑う。そっか、そうだね。何を食べるか考えなくちゃ。さすがにこの場には数十人いるから、みんなでってわけにはいかないかな。ギルドへの報告も行かなきゃいけないし。

つい、カサカサになった唇を舐めた。まずは、冷えたレモン水で乾杯。今まで気に留めていなかったのに、ひりついた喉がこくりと鳴る。

次は、次は――。お肉たっぷりのサンドウィッチをがぶり、だろうか。それとも腸詰めを炙って、滴る脂ごとパンで挟んで――。

「ユータ!　考えてたら腹減った!!」

盛大なしかめ面で、タクトが振り返った。その汗と泥と血にまみれた顔に、周囲の血なまぐささを思い出し、ゆっくりと瞬いた。こんな地獄みたいな中でも、お腹って空くんだな。こんな場所でも、お腹が空くようになったんだな。

まるで、もっと生きようとするみたいに。

こんな中だからこそ、余計に生きたいと思うんだろうか。

その時、わあっと内側から歓声が聞こえた。ラキを見上げると、囲いの中に目を凝らし、ぐっと親指を上げる。オレたちも思わず声を上げて拳を振り上げた。戦闘の終わりを感じ、どうしようもなく鳴り出したお腹を押さえて苦笑する。

そういえば三大欲求に「生存欲」ってないんだな、なんて思ったのだった。

6章　甘えていい場所

ボスがやられたとみるや、残りわずかとなったモノアイロスたちは散り散りに逃げていった。巨大な群れにさえならなければ、元々森に住む魔物。冒険者さんたちも、そこまで深追いはしない。

魔物のいなくなった戦場を、さらりと風が抜けていく。幾分かマシになった臭いの中で、笑顔で健闘を称える冒険者さんたちを眺めた。

ああ、終わったんだな。

疲労を浮かべつつも朗《ほが》らかな彼らの表情に、すとんと安堵して足下がふらついた。

今回は、オレたち側の勝利だ。だけど、次はオレたちが殲滅される側かもしれない。ヒトは、生態系の頂点じゃないから。膝に手をついてふうっと息を吐いた。魔力を派手に使ったせいもあるけれど、きっとこの疲れはそれだけじゃない。

「抱っ……おんぶしてやろうか？」

一応タクトなりの配慮はしてくれたらしい。けど、どっちもご遠慮願いたいと首を振った。

本当にふらつくなら、シロに乗せてもらえばいいことだし。

あまりここの魔素を取り込みたくないので、生命魔法水を口にして一度目を閉じ、しゃんと立ち上がった。

「お前ら……！　この、この、どうなってやがる！　ふざけんなよ、こんな小さななりでよぉ！」

突如抱え込まれ、力任せに締め上げられる。今飲んだばっかりの生命魔法水が逆流しそうになって、思わず口元を押さえた。言葉も行動も悪者でしかないけれど、この締め上げはアレだ。俗に言う熱烈なハグってやつだと思う。

オレとタクトをまとめて抱え込んでいるのは、えーと、誰だかは知らないけど、リーダー格の冒険者さんだ。

「絞めるな！　潰れるだろう！」

もがいていたオレを、誰かがひょいと太い腕から取り上げてくれた。潰れていた肺が空気で満たされ、すうはあと大きく深呼吸する。ちなみにタクトはまだ腕の中だけど、彼なら潰れたりしないから大丈夫だろう。

抱え上げてくれた人を見上げ、ぱっと顔を輝かせる。

「レイさん！　大丈夫だった？」

「ああ、この通り。ユータたちのおかげだ！」

端正《たんせい》な顔がふわりと緩む。随分と汚れてぼろぼろになっているけれど、しっかりと五体満足の姿を確認して、オレも笑みを浮かべた。この2人はどうやらパーティメンバーだったらしい。

「全く、私は今日、最高の働きをしたと自負しよう。何せ、君たちをここへ導いたのだからな！」

誇らしげに高々と掲げられて、オレの短い足がぶらぶらしている。これ、多分だけど……どう見ても『高い高い』だからやめて欲しい。

「おう、でかしたぞ。お前を使いにやって正解だったな！　戻ってくるとは思わなかったが！」

「戻ってくるに決まっている。ハンク……私だけ逃がそうとするな」

じろりと睨まれ、ハンクと呼ばれたリーダーさんが気まずげに笑って頭を掻いた。

「ま、何はともあれ、今回の成功はお前たちのおかげだ！　街に帰って打ち上げやろうぜ！　当然奢りだ！　……っつってもお前らの飲み食いする分なんて知れてらぁな！」

顔いっぱいで笑うハンクさんに、オレとタクトも瞳を輝かせた。打ち上げ！　冒険のあとにお酒を飲むやつ!!　二つ返事で承諾《しょうだく》しようとして、はたと止まった。

「行きたいけど……シロたちにも美味しいごはんあげたいから……」

オレだけ先に楽しむのは申し訳ない。シロはお腹空いていたみたいだしね！

『ありがとう！　だけどぼく、がまんできるから大丈夫だよ！』

健気《けなげ》にしっぽを振ってくれるシロだけど、オレはまたの機会にしよう。せっかく頑張ってくれたんだから！

「オレは召喚獣のみんなとごはん食べることにするね！」

少々眉を下げて笑ったところで、がしっと頭に手が置かれた。

「心配いらねえよ、冒険者酒場だぜ？　このワンコロぐらい問題ねえよ！　もっと見た目のおどろおどろしい奴はさすがに勘弁してくれって言われるけどな！」

「えっ？　いいの!?」

『本当!?』

水色の瞳が南国の海のように煌《きら》めいた。シロは人が好きだもんね、本当はいつも大勢が楽しそうにしているところに入りたかったんだろう。

「じゃ……じゃあオレも行く！」

ぱあっと満面の笑みが浮かぶ。上がる口角が隠せないオレに、ハンクさんとレイさんが目を細めて笑った。だって、だってすごくやってみたかったもの！　酒場で打ち上げだよ!?

がしりと肩を組んで、タクトがにっと笑う。

「よーし、じゃあさっそく――いてっ！」

つんのめったタクトに目を瞬かせ、ふと違和感に気付いた。

あれ？　そういえばラキは……おや、考えてみると、あの塔に階段はなかったような……。

恐る恐る視線を上げると、狙撃塔の上から見事な射撃をかましたラキが、遠目にも分かるほどじっとりとこちらを見つめていたのだった。

「うふふっ！　楽しいねえ」

人がいっぱい。ものすごくうるさくて、いい匂いもそうじゃない臭いもごちゃ混ぜで、みんな笑ってる。人の声が多すぎて、もう、何言ってるか全然分からない。食べたものが美味しいのかどうかも、よく分からなくなってきた。

椅子が足りなくて、みんなテーブルに座ったり人の上に座ったり、めちゃくちゃだ。オレたちも子ども椅子なんてないんだし、床に直接座っている。安定しているはずなのに、ふわふわと波間を漂うような楽しい気持ちがいっぱいで、勝手に笑み崩れてしまう。どうにも堪らなくて、ひとりコップを振り上げた。

「かーんぱーい！」

ぱちゃんと中身が飛び散って、飛沫《しぶき》が冷たい。それすらも可笑しくって、けらけらと笑った。

「おう、ちびちゃんご機嫌だな！　乾杯！」

「うん！　知らない人、かんぱい！」

誰だか知らないおじさんが、陽気にコップを合わせてくれた。ついでにわさわさと頭と言わず顔と言わず撫でられ、くすぐったくて首をすくめる。またもやぱしゃっと中身が跳ねて、甘い香りが広がった。

確信を込めて思い切り後ろへ倒れ込むと、思った通り、オレより大きな背中が揺るぎなく支えてくれる。それが嬉しくて、悔しくて、小さな手でぱちぱちと叩いて笑う。

「お、おい、ユータ？」

「んふふっ！　なあに？」

覗き込むタクトの訝しげな顔が可笑しい。込み上げる笑みを抑えようと、こくっと両手で抱えたコップを一口。

「お前、何飲んでんの⁉　酔っ払ってねえか⁉」

「ないよぉ！　お酒飲んでないもの！」

にわかに心配そうに手を伸ばされ、きゅっと首をすくめた。頬に触れる手が、冷たくて心地いい。タクトの手が冷たいなんて、変だね。えへっと笑うと、見つめる瞳が困惑に揺れている。

と、両手の中が急に軽くなった。

「あ……オレの、だよ！」

取り上げられたコップに手を伸ばすと、どうにも体が頼りなく浮かび上がりそう。捕まえたのか、掴まったのか、コップを持つラキを抱えるようにしがみついた。

「だめ。オレ、まだ飲むよ！」

飲んでもいいけど、残しておいてね！　短い手を伸ばしてコップを取り返そうとしていると、ラキがふんふんと飲み物の臭いを嗅いだ。片手は宥《なだ》めるようにぽんぽんとオレの頭を押さえている。力の入らないオレの手は簡単に滑って、体ごとべしゃりとラキの膝へ崩れ落ちた。

「ユータはそのまま寝ておいで～。これ、ナッツビアだね～」

言いつつ、コップの中身を一気に呷ってしまう。

ああー！　オレのなのに！　全部飲んだでしょう！　詰め寄って抗議したかったのに、とろとろと世界が溶け出していく。

「はあ？　ナッツビア？　なんでそれで酔っ払うんだよ？」

「子ども用だけど、すこ～しだけ酒精《しゅせい》があるらしいよ～？」

2人の会話すらくすぐったい気がして、ほやほやと笑う。ため息を吐いたラキが、オレの髪から頬へ手を滑らせた。ラキの手も、ひんやり気持ちいい。

「でも子ども用だろ？　俺だって飲むけど、酒じゃねえよな？　風味だけじゃねえの？」

「だけじゃなかったみたいだね～。あっつあつになっちゃってるよ～」

「真っ赤だもんな。ナッツビアで酔っ払うなんて……。危ねえなぁ、俺らがいねえと、こいつ本気で危なくねえ？」

タクトがオレのほっぺをつまんで顔をしかめた。お兄さんぶったしかめ面に、んふっと声が漏れる。２人とも、背伸びしたってまだまだ子どもなんだから。オレがちゃんと守ってあげなきゃいけない。

タクトの手をきゅっと握り、ラキの手を捕まえ、ほうっと安堵して笑う。ほら、安心するでしょう？　これで大丈夫、って気がするでしょう。

しっかりと２人を捕まえ、オレは満足してまぶたを落としたのだった。

「……ここ、どこ？」

むくっと体を起こすと、全く見覚えのない場所だった。だけど、部屋を占領するベッドを見るに、宿屋《やどや》なんだろうなと思う。

昨日は大規模討伐に臨時参加して、いっぱい頑張って勝利して、それで、それで……？

「打ち上げ！　そうだ、打ち上げに行った――はず、だったけど？」

うん、行ったと思う。そのはず。だけどオレ、何食べたっけ？　何飲んだっけ？　どうしてこんなに覚えてないんだろう。もしかして、着いてすぐ寝ちゃったんじゃないだろうか……。

微かな物音に視線を向けると、もう１つのベッドでラキが眠っている。お外が既に明るいから、タクトはきっと鍛錬してるんだろう。ベッドは２つしかないけど、オレのベッドに枕が２

つあるところを見るに、一緒に寝ていたんじゃないかな。

どうしてここにいるのか分からないけど、ラキたちもいるし、まあいいか。

再びぽふっと枕へ逆戻りすると、胸元に桃色のふわふわが飛び乗った。

『どうしてそこで二度寝できるのかしら……ちょっとは現状に不安を抱いたらどうなの？』

「だってそこにラキが寝てるもの。不安なんてないよ？　きっとオレ寝ちゃったんでしょう？」

そう、いつものことだ。割と睡眠欲の強い体で困ってしまう。タクトは食欲、オレは睡眠欲だね！　ラキは……知識欲だろうか？

少々湿っぽくて重いお布団だけれど、贅沢は言わない。二度寝……この甘美な贅沢を堪能《たんのう》できるのだから。むふ、と笑みを浮かべて目を閉じた時、扉の開いた音がした。板張りの床が鳴る微かな音が近づき、ギッとベッドが沈み込む。

ふぅーっと長い吐息と共に、乱暴に髪を拭《ふ》く音。気配だけで暑くなりそうだ。

「……おはよう」

たまには先におはようを言おうと、無理矢理まぶたをこじ開けて見上げた。頭からタオルを被っていたタクトは、ピクッと肩を揺らして勢いよく首を巡らせる。

「……え、お前起きてんの？　最近すげーじゃねえか！」

目を丸くしてまじまじと見つめられ、少々むくれた。オレだって朝ちゃんと起きる時くらいありますー！

『起きる時がある、って時点でダメじゃないかしら……』

でも、起きないよりはいいんだから。ふよふよ揺れるモモがほっぺに柔らかく心地いい。その視線は痛いけれど。

「でも、起きるのは今だけ……」

「寝るなよ！　起きたんだろ!?　まだ酔ってんのか？」

それじゃあ、と再び目を閉じたのに、思わぬ台詞に寝入りばなをくじかれて、しかめ面でまぶたをこじ開けた。

「え、酔ってるってなんのこと？」

「お前……何も覚えてねえの？」

探るような視線に、どきりとした。な、何もってどういうこと!?　何かあったの？

「……タクト、うるさい～」

ごろりと寝返りを打ったラキが、据わった目でオレたちを見た。ラキも朝は弱いから、機嫌は悪そうだ。

「ああ、ユータ起きたんだ～。気分は……まあナッツビアだからね、大丈夫そうだね～。それで？　もう甘えなくていいの～？」

フッと笑ったその笑みは、なんとなく背筋が寒くなるような……。

「えっ……と。甘える……とは？」

何か、何かオレの知らないところでとんでもないことが起きている気がする。

早鐘《はやがね》を打ち始めた胸を押さえ、傍らのタクトを見上げると、彼はそっと視線を外した。

「昨日。覚えてない～？　甘えん坊の赤ちゃんになって大変だったこと～？」

ラキの素敵な笑顔に凍《こお》りつく。甘えん坊？　一体何を……冗談、だよね？　助けを求めてタクトの袖を引くと、ちらっとこちらを見て、決まり悪そうにがしがしと頭を掻いた。

「ま、酔っ払ってたんだよ、お前。割と酒癖《さけぐせ》わりぃのな！　もう飲むの禁止!!」

青くなったらいいのやら、赤くなったらいいのやら……。だってお酒、飲んでないよ!?　覚えてないけど、多分！　記憶がないのはまだ救いかもしれない……あまっ、甘えていたことなんて、知りたくない。

「聞きたい～？　気になるでしょ～？　まずは――」

「な、ならないっ！　いいよ、もう！」

オレはガバリと布団を被って丸まったのだった。

「――そんな気にすんなよ、父ちゃんなんて泥だらけになるわ床で吐くわ大変だったぞ？　被害のない酔い方じゃねえか。……だけどもう飲むなよ？」

「そうだよ～素直でかわいかったよ～？　大きくなって飲む時は、部屋飲み一択《いったく》だね～」

しょぼくれたオレを慰める2人だけど、もう、そのことは……触れないで欲しい。

オレたちは露店で朝食を済ませ、長くなったエリスローデ滞在から帰還の途についた。

臨時参加の討伐では、ここでも『希望の光』の名前が知られるくらいの活躍ができたし、たくさん報酬をもらえたもの、結果的によかったんだよ！　終わりがその、アレなだけで。

少々どんよりしながらエリスローデを出発した時、そういえばレイさん、験担ぎにあとで年齢を教えるって言ってたのにな、なんて思い出したのだった。


部屋の中には、何かを削《けず》る静かな音がゆるゆる響いている。耳に心地いいそれを聞きながら、オレはぼうっと天井に揺れる光を眺めていた。膝の上に載った本は、閉じておいた方がよさそうだ。目を開けているのかどうなのか曖昧になってきた頃、ＢＧＭがやんで、ことりと音がした。そして、ため息交じりの苦笑。

オレは案の定膝から落ちかかっている本を脇へ避《よ》け、視線を巡らせた。

「蘇芳～そこに乗られると、結構困るというか～～」

ラキの加工が面白いらしく、蘇芳がラキの頭にのしかかるように覗き込んでいる。蘇芳は軽いけど、さすがに加工する時には邪魔だろう。

『スオー、困らない』

「ほら、こっちに座ろう～？　ねえユータ～、蘇芳も言葉が分かってるんだよね～？　全然言うこと聞いてくれないよ～」

『言うことは聞かない』

蘇芳も念話《ねんわ》はできるのに、基本的にはやろうとしない。おかげで、傍で聞いているオレは可笑しくて仕方ない。大丈夫、ちゃんと伝わってはいるから。

「蘇芳はオレの言うことも聞かないよ？」

『そんなことない』

心外と言わんばかりに、振り向いた紫の瞳が瞬いた。大きな耳がぴこぴこと上下して、しばし思案したあと、トトッとラキの頭を駆け上がってデスクに下りる。ついでにラキの頭を蹴ったように見えたのは気のせいだろうか。

「そこなら見ていていいよ～」

ぺたんとお尻をついた蘇芳が、しげしげとラキの手元を眺めている。そんなに面白いことをやっているんだろうか。あくびをひとつ零してぽてぽて歩み寄ってみると、魔石や石を加工しているところのようだ。オレも石ころをつるんときれいに磨《みが》くことはできるけど、本場の加工師はやっぱり違う。みるみる透明度を増して輝く様は、なるほど見ていて面白い。

「きれいだね」

「そう～？　よく食器とか色々作ってるせいかな、割と褒められることが多いんだよ～！」

はにかむ様は、いつものすました顔と違って年相応に愛らしい。知ってるよ、ギルドでも評判の加工師だもんね！　その歳の加工師で指名依頼が来ることなんてないって驚かれていたよ。

きっとそれも依頼を受けた品なんだろう。真剣な瞳はランプの光を透かしてゆらゆら燃えているみたい。淡い茶色の瞳は、普段の優しげな面影《おもかげ》を消して、厳しい職人の目をしている。きりりと上がった眉に、薄い唇はクッと引き結ばれ、『男』の顔だなと思う。

ラキがそんな顔をするのは、戦闘じゃなくてここなんだな。サラサラと流れる細い髪が柔らかく頬を滑り、頭を傾けるたびに、オレからその鋭い瞳を隠した。

オレは、どんな時にこんな顔をしているんだろう。こんな風に、誰もが見惚《みほ》れるような目をしている時があるんだろうか。

いつもじゃなくていい、たまにでいい、こんな風にぎりぎりと引き絞る弓のように、集中した顔をしていたい。

「――くそぉ～～～！　なんで俺だけ！」

無意識にじいっと眺めていたら、扉が吹っ飛びそうな勢いで開けられた。

「「おかえり～」」

「おう……」

ひらっと手を振ったタクトが、そのままベッドに突っ込んだ。どうやらみっちり『お勉強』していたようだ。いわゆる、補習ってやつかな。

「疲れたー。なんでお前らは受けねえんだよ！　一緒に休んだのに！」

「「テストに受かったから？」」

そして、タクトが受からなかったから？　にこっと微笑むオレたちに、タクトが獣のように唸《うな》った。

オレたちはエリスローデの件で想定外の外泊をしちゃったので、授業の欠席を補うテストを受けていた。冒険者だもの、依頼が長引いて授業を欠席なんてザラだ。だから必要なことが理解さえできていたら何もお咎《とが》めはない。そもそもオレは先にいろんなテストを受けて、授業自体免除になっている。だって、ねえ……さすがに小学生が分かる授業だもの。

「俺の味方はエビビだけか……」

「ムゥ！」

簡易水槽《すいそう》に頬ずりするタクトを生ぬるい目で見ていたら、力強い声が聞こえた。窓辺でちまちまと一生懸命手が振られている。

「お、そうか！　お前も俺の味方してくれんだな！　そうとも、お前は俺の救世主だからな!!」

タクトは嬉しげに手のひらにムゥちゃんをすくい上げ、頬を寄せた。

そうだね、タクトはムゥちゃんがいなかったら馬車にも乗れないもんね。優しいムゥちゃんが葉っぱを1枚取って、さわさわとタクトを撫でている。

「お～気持ちいい。癒《い》やされる～」

「ムゥちゃん、あんまり甘やかしたらダメだよ？　お勉強をしないせいなんだからね！」

「……ムゥ？」

蜂蜜《はちみつ》色の瞳が、じいっとタクトの瞳を覗き込む。清さを煮詰めたような無垢《むく》な瞳に、タクトがぐうっと呻いた。

「そ、その……ちゃんとやるから。その目をやめてくれ……いたたまれねえ」

再びベッドへ突っ伏したタクトに、ぽんと飴玉を放り投げる。彼はこっちを見もせずにキャッチすると、すぐさま口へ入れた。食べ物じゃなかったらどうするつもりなのか。

「甘い……心に沁《し》みるぜ……」

そう、頭脳労働には甘いものが一番、だよね！

『肉体労働にもそう言ってなかったかしら？』

『主は寝起きにも、食後にも寝る前にも、そう言ってたぞ？』

い、いいんだよ！　甘いものはいつだってオレの心を持ち上げるんだから。

「ユータ、僕も～。なんだかこれ見てたら飴が欲しくなっちゃった～」

苦笑したラキの手元には、ころりと転がる様々な飴玉——ならぬ宝玉《ほうぎょく》たち。

「うわ、美味そう！　キレーだな！」

「本当だね、舐めてみたくなっちゃう！」

目を輝かせるオレたちに、ラキがくすくす笑って伸びをした。

『スオーも、きれい』

くいくい、と袖を引かれて視線を下げると、大きな紫の瞳が見上げていた。

きょとんとしてから、慌ててにっこりと微笑んで抱き上げる。

「うん、蘇芳の宝玉もとってもきれいだよ！　ピカピカだね」

『そう、スオーもちゃんと磨いてる』

のすっと遠慮なくオレの腕に体を預け、ブルーグリーンのお手々を口元へ持っていく。小さな桃色の舌でちろりとお手々を舐めると、体を丸めるように小さくなって額の宝玉をきゅっきゅと擦った。その仕草、懐かしいなあ。そうやって毛繕いしていたよね、上手なはずだ。

変わらぬ仕草にほっこりして見つめていると、にゃあと鳴く声がした。

「チャト、どうしたの？」

へそ天で寝ているシロの上、ぬくぬくと眠っていたチャトが、緑の瞳でじっとオレを見つめている。かと思えば、視線が合った途端、逸らされてしまった。

これは……覚えがある。呼んでおいて知らぬふりで毛繕いするその様子、絶対何か言いたかったはずだ。ここで試される主人力……！

「……あ！　チャトも毛繕いすごく上手だもんね！　いつも毛並みはピカピカできれいだよ！」

ドキドキしながら表情の乏《とぼ》しい顔を見つめると、まんざらでもない様子だ……と思う。これはきっと、正解と言っていいだろう。

『おれは、全部自分でできる』

つんと得意げな顔に、吹き出しそうなのを堪えて頷いた。

『おれの方が上手い。でも、たまにはお前がやってもいい』

ほら、と言わんばかりに体を伸ばして横になったチャトに、今度こそ堪えきれずに吹き出した。そうか、そこに繋がるお話だったのか。

「そう？　じゃあお言葉に甘えて。みんなも順番にさせてもらおうかな」

さあ、ブラッシングタイムだ。大変でもあり、オレの癒やしでもあり。ブルーグリーンは自ら宝玉磨きに精を出しているのであとでよさそうだし、まずは依頼通り目の前のオレンジ色から堪能させていただこう。

ふわ、と短めの柔らかい被毛《ひもう》と、その下にある柔らかい体。チャトはどこもかしこもやわやわとして頼りない。なのに、オレを乗せて飛べるくらいの力があるなんて不思議だ。

うっとりと閉じられた緑の瞳とは裏腹に、長いしっぽは寄り添うようにオレの腕に絡む。ブラシを滑らせるたび、チャトの体はだんだん伸びていく気がする。まるでクッキー生地を広げているみたいだと密かに笑った。

と、唐突にシロがヘクシュ！　と足を跳ね上げ、チャトの体がビクリと短く戻ってしまった。一瞬大きくなった緑の瞳は、迷惑そうに細められてシロを睨む。どうどう、シロも寝ているだけだから。猫伸ばし職人としてせっせとその腕を振るえば、不機嫌にぱたぱたしていたしっぽは再び絡みつき、ごうごうと喉の鳴る音がする。

緑の瞳がぴったりと閉じ、シロの四肢《しし》が弛緩《しかん》していくのを眺めつつ、これが幸せってことだとしみじみ思ったのだった。


「ねえ、ルーはお酒って飲む？」

ピクピクッと動いた耳に、きっと好きなんだなと返事より先に察した。

漆黒の毛並みに手を滑らせると、手のひらで木陰を感じる。よく熱を吸い込むルーの被毛だけれど、日差しさえ遮ってしまえば案外涼しいんだな。

「飲む。なぜてめーが聞く？」

意外そうな顔と期待する瞳に、何か持ってくればよかったと苦笑した。

「ごめんね、今持ってはいないんだけど……。そっか、好きなんだね。じゃあ酒精きつめのケーキなんかも食べられるね」

フン、と前肢に顎を乗せる仕草に、多少のガッカリを感じて申し訳なくなる。チル爺《じい》も好きだし、今度鍋底亭で美味しいお酒を聞いてみようかな。

なんとなくサイア爺も好きそうだし、シャラはどうだろう。小さかった時の印象が強いから不似合いな気がするけど、精霊や神様ってお酒が好きなイメージだ。これは単に神話や昔話の影響なのかな。他には……エルベル様はオレと一緒で飲めないんじゃない？　だってお子様な気がするもの。あと海人《うみびと》のウナさんも、ナギさんに比べてお酒に弱かったな。

「わ……何？」

ぼんやり梢《こずえ》を眺めつつお酒が好きそうな人をリストアップしていると、長いしっぽがべしりと顔を撫でていった。絶対わざとだと思うんだけど、金の瞳はそ知らぬふりをしている。

オレは転がるように向きを変え、背もたれにしていたルーに乗り上げた。木漏れ日を吸い込んだ部分は、毛並みがふんわりとボリュームを増してふかふかしている。

「ここでなら、オレもお酒飲んでいいよね」

だって、いくら甘えたっていつも通りだと思うし。

「てめーが？」

訝しげな視線に慌てて首を振る。

「あ、もちろんルーが飲むようなお酒じゃないよ。オレ、ナッツビアなんかでも酔っちゃうみたいだから」

だけどあの時だけかもしれないし、リベンジしたい。それに、ルーだって1人で飲むより一緒に飲んだ方が楽しいんじゃないかな？

「ナッツビアは酒じゃねー」

あからさまに鼻で笑ったルーに、頬を膨らませる。

「だから、次は大丈夫かもしれないでしょう？　疲れてたせいかも。一緒に飲もうよ！」

「てめーの世話はしねー」

あれ……？　ぱちりと瞬き、顔を上げて金の瞳を探す。否定の言葉は、思っていたのと違った。ルーはまるでオレの視線から顔を隠すようにごろりと転がると、完全に腹を天に向けて顎を逸らせてしまった。

ついでのように振り落とされてしまい、不満たらたらに立ち上がって目を見開いた。

目の前の光景に瞳がきらきら、ほっぺがぴかぴか紅潮していくのが分かる。

うわあ、もっふもふだ。

滑らかに光を反射する背側と違って、見るからに柔らかそうな腹側の被毛。方々《ほうぼう》へ毛並みを乱してふわふわとオレを誘う。

「いただきます！」

ちょっとかけ声が間違っている気もするけれど、これは堪らない。思い切り飛び込むと、弛緩し始めていた四肢が呼応するように跳ねた。

「腹に乗るな」

「だって、ルーがお腹を出してるんだもの」

お腹側は割と嫌がられるのだけど、どうも今はご機嫌らしい。振り落とされないのをいいことに、可能な限り全身を広げて堪能する。

骨に守られていない弱い場所。みっちりとした豪華な被毛と違う、やわやわと細く薄い腹側の毛並みと薄い皮膚。お日様の温かさよりも、ルーの体温の方を感じる。

生き物の体温って、安心するね。ルーの体温は高くもなく、低くもなく、オレと交わるように馴染《なじ》んで心地いい。

「いいお酒、探しておくからね」

きっと楽しみにしているだろう漆黒の獣に囁《ささや》いて、全身を包む温もりに微笑んだのだった。

7章　強い魔法使い

水の飛沫は煌めく光になって、曲線を描く肢体につうっと流れていく。小さな手が楽しげに奏でるのは、ぽちゃぽちゃと軽やかな音。水面に広がる波紋はそのまま、天井に光の模様を描いて揺れていた。

ほら、てっぺんまで来たお日様だって、窓からこの水浴びを覗こうと躍起になっている。

目を細めたオレは、またスプーンで水をすくってかけてあげた。

ムゥ！　とご機嫌な声は、お礼を言ったんだろうか。短い手がピッと持ち上がって左右に振られると、小刻みに揺れた葉っぱからはきらきら雫が散った。やがて響き始めたリズミカルな鼻歌が、チャトのしっぽを揺らしている。

「ふふ、ムゥちゃん知ってる？　他のマンドラゴラはこうじゃないんだって！」

「それって～、他が普通じゃないみたいな言い方だね～」

振り返ったラキが苦笑して日差しに目を細めた。オレだって、ムゥちゃんが普通じゃないことくらい知ってるよ！　こんな風ににこにこしていないってことも。

「タクトなんて、収穫の時吐いてたもんね」

くすっと笑うと、方々跳ねた赤茶の頭が勢いよく振り返った。

「あんなマンドラゴラいらねえよ！　俺に必要なのはムゥちゃんだけだ！」

むくれるタクトを蜂蜜色のピュアな瞳が見つめ、飛沫を散らして両手が振られた。

「ムッムゥ～！」

お返事をしたんだろうか。天井の光が大きく乱れる様を見上げながら、ほっこり微笑んだ。

本当、普通のマンドラゴラとは似ても似つかない。マンドラゴラにも色々種類があるらしい、というのは図鑑で知った。この世界ってあんまり学術的なことが発達していないから、種類がどのくらいあるのか、今ひとつはっきりしない。多分、『マンドラゴラ科』くらいしか気にされていない気がする。毛色が違っても簡単に亜種かな、なんて判断されちゃう次第だ。おかげでチャトのことも、ムゥちゃんのことも、あやふやにできて助かっているけども。

「じゃあ、タクトも行かないの？　もしかしてマンドラゴラ料理、なんてあるかもよ？」

勢い込んで、『行かねえ！』と言いかけた大きな口がピタリと止まった。

「……いや、あんなモン料理に使っても、絶対美味くねえもん」

逡巡の末、やはり過去のトラウマが勝《まさ》ったらしい。少々勢いはなかったけれど、ぷいとそっぽを向かれてしまった。

「マンドラゴラ、料理に使える～？　燃やしたらダメじゃない～？」

そうか、魔物が寄ってきたりするんだっけ。だけど、お料理と燃やすことを一緒にしないで欲しい。煮るとか、蒸すとか、火を通すにも色々あるだろう。

まあ、お料理はさておき、ちっともなびいてくれない2人のこの状況。どう打開したものか。

「ラキも行かないって言うし、オレだけ？」

ちょっぴり唇を尖らせると、2人は少々呆れた視線を寄越した。

「だって大した素材にならないし〜。それに、カロルス様と行くんでしょ〜？」

「やっぱそうだよなー。お前、カロルス様と行ったらどうせベッタリだろ」

「そ、そんなことない……と思う！　カロルス様かどうかは分からないし！」

ギクリと肩が跳ねたものの、そ知らぬ顔でムゥちゃんの方へ視線をやった。

だけど、確かにそれも一理ある。カロルス様にしろ他の誰かにしろ、家族と行ったならそっちにかかりきりになるに違いない。決してオレの意思じゃなくて、ほら、みんなオレを抱っこしたがるから、それで！

「遠路はるばる、なんでマンドラゴラだよ……」

そう、オレがさっきからしきりと2人を誘って断られているのは、さっき街でもらった『豊作につき！　お子様限定マンドラゴラ採り放題!!』なんてイベントのこと。ちょっとここから遠いけど、もらった瞬間から行くことを決めたオレに比べ、周囲の温度差がすごい。

「どうして⁉　すごく楽しそうじゃない！　しかも、これに乗れるんだよ！」

これ、と指すのは小さく描かれた動物らしきもの。王都で時々見かけた土豚《つちぶた》っていう大きな生き物だ。どっしりしたカバ風の体にアリクイの頭をくっつけたみたいな……そのまんま、顔は地球のツチブタに似ている。だけど、大きさは象。重い荷車を引くのに重宝されるらしく、動作はゆっくりだけど力持ちなんだって！　その土豚車に乗れるんだよ⁉

「土豚だろ？　なんでそれに乗りたいんだよ。とろいじゃねえか」

「飛竜船《ひりゅうせん》なら乗ってみたいけどね～」

なんでと言われても、オレにはなぜ乗りたくないのか分からない！　マンドラゴラ農園はその性質上街中に作るわけにはいかず、少々不便な山中にあるらしい。そこまで土豚が引く車に乗ってゆったり登る――やっぱり素敵じゃない⁉


「――素敵、ですか……」

意気揚々《ようよう》と告げたものの、返ってきた反応は今ひとつ。……残念だ、大人には分からないのかもしれない。執事さんへ同情の視線を向けて、また苦笑を返された。

「そう、保護者が必要だから、誰か一緒に行って欲しくて！　参加費はね、オレが出すから！」

「ふむ……しかし保護者1名まで、となるとなかなか……難しいですね。どう致しましょうか。

ああ、当然ながら参加費の心配はご無用です」

何が難しいの、と声を上げようとしたところで、ふわりと体が浮いた。

「そんなのっ！　私が行くに決まってるわよね！」

押しつけられたほっぺは、少しひんやり滑らかで、スベスベ心地いい。

「当然、このマリーもお供させていただきます！」

シャキーンと登場した2人を、くすっと笑って見上げる。そうか、1人限定だと喧嘩《けんか》になっちゃうかもしれない。みんなだってマンドラゴラ農園に行きたいに違いないもの。

「そっか……じゃあ、セデス兄さんにも一緒に行ってもらえばいいかも！」

そうしたら、エリーシャ様とマリーさん2人とも行けるよね！

「ちょーっと待ったユータ！　今、まさかと思うけど僕を子ども枠に入れて考えなかった⁉」

突如滑り込んできたセデス兄さんが、そんなことを言って髪を掻き上げる。

「そりゃあそうだけど？」

「不思議そうな顔しないで⁉　どこからどう見ても僕、大人でしょ？」

え、大人だって？　そんなわけ……あれ？　大人、とは？

「考え込まないで⁉　周知の事実だから！」

「じゃあ……もしかしてセデス兄さんは、子ども枠に入れてもらえない可能性も？」

「可能性じゃないよね⁉」

それは想定外だ。難しい顔をしていると、ふと頭上が陰った。

「おう、どうした？」

集まったオレたちの気配を感じて、いそいそと執務室から出てきたらしい。

「あのね！　これ、誰か一緒に行ってくれないかと思って」

執事さんの手の中にあるチラシを指して、じっと見上げた。

「なんだこりゃ、マンドラゴラ？　あー、お前が行きたいんだな。行ってやろうか？」

望む台詞を聞けて、オレはぱあっと顔を輝かせたものの、すぐさま曇らせてしまう。

「あっ……だけど、みんな行きたいからどうしようかと思って。セデス兄さんは子ども枠じゃあダメって言うし」

「当たり前だよ！　そもそも僕、マンドラゴラ農園に興味ないから！」

うーん。じゃあ、くじ引きでもするしかないかも。そう考えたところで、執事さんがこほんと咳払いした。

「ユータ様、ここへはエリーシャ様は行かない方がよろしいかと」

ええっ⁉　とオレより早く響いた悲鳴は、もちろんエリーシャ様のもの。そして、よしっ！とガッツポーズを取るのはカロルス様。

あわやロクサレン存亡の危機かと思われたその場は、よく冷えた執事さんからきちんとオハナシがあった結果、血を見ることなく同行者が選定されたのだった。


「ほら、頑張って！　約束したでしょう」

ともすれば机に伸びてしまいそうな大きな体がもどかしく、小さな手でぺちりと叩いた。

「行くっつったけどよ……こんな約束してねえよ」

だって、お仕事終わらなきゃ行くに行けないでしょう。そんなわけで、あれからオレは毎日ロクサレンに通って目を光らせている。

まあ、行きたがっていたエリーシャ様たちを慰めるための訪問、でもあるんだけど。

どうやらマンドラゴラ採取なんてものを貴族様がするのは、あんまりよろしくないらしい。子どもならまだしも、妙齢《みょうれい》の貴族女性がしては眉を顰められるそう。しかも今回、山中の農園にお泊まりだ。うん、貴族の参加は想定されていないね。そこは盲点だった……なんせ相手がエリーシャ様だから忘れていた。エリーシャ様は変装すると言って食い下がったのだけど、お貴族様オーラがねえ……。バレた時のリスクを考えると、執事さんからのお許しが出なかった。

ちなみにカロルス様は、農作業していようが溝《みぞ》掃除していようが、そもそもそういう人だと既にバレているので問題ないらしい。元冒険者だしね。

するとエリーシャ様落選の時点で、固く熱い友情演出が発生。涙ながらにマリーさんも諦めると言い出した次第だ。まるで腕を切り落とす覚悟でも決めたような、あの顔が忘れられない。

「ユータ様の言う通りです。もし仕事が終わらなければ——仕方ありませんね？　私がユータ様にお付き合い致します」

そう言って、執事さんは素早くオレに目配《めくば》せしてみせた。なんとも、スマートな仕草が格好いいものだ。分かっていますよと言いたげなそれに、にこっと笑う。

「オレ、執事さんと一緒なのも嬉しいよ！」

少しばかり見開かれて揺れる、銀灰色の瞳。冷たいそれが、ほんのり熱を帯びるのが嬉しい。

「お前……裏切るんじゃねえよ！」

視線を大きな手に遮られ、両手でそれを退けて頰を膨らませる。

「オレは裏切らないよ、カロルス様でしょう」

うっと丸まってしまう背中を撫で、早く終わらせて、とまたせっついたのだった。


——くるりと回れば、目の前の幼児も嬉しそうに裾を翻して回る。淡い茶色の髪は、ピンクベージュに近いだろうか。まじまじとこちらを見つめる群青の瞳は、煌めいて眩しいくらい。

ちょっと、にこにこしすぎじゃないだろうか。オレ、こんなじゃないよ。

『鏡に向かって、違うも何もないわよ』

『それが、お前』

少しむっと唇を尖らせたけれど、鏡の中には、またすぐにへらりと崩れる幼児の顔。オレ、こんななの？　なんか、すっごく小さい子みたい。

『主ぃ、普段からちゃんと鏡を見ていないからだぞ！　身だしなみの基本だぜ？』

『そうなんらぜ！　みなしまみらぜ？』

チュー助の知ったかぶりにも反論できない。そういえば、鏡なんて全然見てないもの。なんだか見慣れない顔は、オレが思っていたよりずっと丸くて、ほやほやして、小さい。

「……気に入らない～」

ぐっと顎を引き締めて格好いい顔で睨みつけてみても、鏡の中にはくちばしを尖らせ、上目遣いした幼児しか映っていない。慌てて尖った唇を納めて鏡から目を逸らす。きっと、この格好のせいもあるよ。さらりと掻き上げた髪は、エリーシャ様の色をさらに薄めたような柔らかな色合いで、普段より長め。このカツラのせいで余計にかわいらしく見えるんだ。

「直視できない……あまりにもかわいいわ。鋼《はがね》のゴーグルでも通さなければ目が潰れちゃう！」

オレ、鋼のゴーグルでは何も見えないと思うんだ。ハロウィンのオバケよろしく頭から分厚いシーツを被った貴族の奥方、それでいいんだろうか。

「ええ、ええ……マリーはユータ様のために世界を捧《ささ》げられます！」

「勝手に捧げられた世界は大迷惑だよ」

セデス兄さんの冷ややかな視線にもめげない２人は、オレの一挙一動を見逃すまいと焼けつくような視線を送っている――と思う。オレからはシーツオバケしか見えないけれど。

「だけどさ、これユータが変装した意味あったかな？　相変わらず、すっごくかわいいよ？普通、変装って目立たないようにするよね？」

「オレだってことが分からなければ、それでいいんじゃないの？」

そう、現在オレたちは出発前の変装中だ。何をやらかしてもいいように、オレだってバレないようにしないといけない――というタテマエだそうで。だけど、嬉しそうな２人を見るに、同伴できなかったせめてもの慰みな気がしてならない。

「暑ぅ……」

だけど……。うんざりした声を見上げて、えへっと笑う。少しばかり、２人の気持ちも分かってしまう。だって、普段と全然違うカロルス様は、それだけで胸が躍る。

「なら、他の格好にすればいいのでは？　そこらの護衛風で構わないと思うのですが」

「それじゃ、顔が隠れねえだろ」

呆れ気味の執事さんに不服そうに返す、随分と迫力のある魔法使い……うーん、どちらかというとオレのイメージ的には暗黒の魔道士だ。ひらひらする割に重厚な黒っぽい衣装は、よく似合って威圧感増し増しだ。体格がよすぎて、魔道士よりむしろ暗殺者かな？

「何もそんなに顔を隠さなくたっていいのに」

もったいない、とフードの中を覗き込めば、うんざりした視線が返ってくる。

「ハイカリクから王都寄りだろ？　面倒はごめんだ。ま、街を出れば隠さなくていいだろ」

王都では絵姿があるくらいだもんねえ。オレだって、他の人がカロルス様にまとわりつくのは嫌だもの。確かにこの方がいい、なんて笑ったのだった。


「——カロルス様が魔法使いだなんて、やっぱり不思議だね」

ちら、と長い杖を見てくすくす笑う。指輪などで代替《だいたい》できるので、魔法使いだからといって必ずしも杖を持ってはいないのだけれど、何せ杖がなければ見た目は暗殺者。必須のオプションだ。ただ、すぐに杖を忘れてしまう魔法使いなので、オレが気をつけておかないと。

「そうか？　なら、バレにくくていいな」

手っ取り早くシロに乗って目的の街まで辿り着いたオレたちは、集合場所のお店を探して通りを歩いている。すれ違う人が、威圧感にぎょっとして振り返るのが可笑しい。

「お、ここだな」

ふと立ち止まった足が傍らの店へと方向を変え、オレは慌ててその前へ回り込んだ。

「待って待って、まずはオレを抱っこして！」

両手を差し伸べると、訝しげにしながらひょいと抱き上げてくれる。

「手ぇ塞がったじゃねえか」

苦笑しながら扉を押し開くと、何気なく視線を上げた室内の人たちが、ひゅっと息を呑んだ。

「こんにちは！　マンドラゴラ農園に行くのって、ここでいい？」

にっこり満面の笑みで見回すと、あからさまに安堵の空気が広がった。ほうらね、オレ、必要だったでしょう。

室内はごくシンプルで、カウンター代わりに大きな机が1つ、あとは腰掛けられるようベンチがいくつか。壁には何枚もあのチラシが貼ってあった。どうやらここで受付だろうか。

「へえ、誰も来ねえんじゃと思ったが、来るもんだな」

受付をしてしばらく、室内はそれなりの密集度になってきた。マンドラゴラは、魔法薬を作る素材として高価な部類もあるらしく、執事さん曰《いわ》く子どもにかこつけて大量に確保しようとする輩《やから》もいるだろうとのこと。なるほど、なんとなく商家っぽい雰囲気の人たちが多いかな。

「皆様、お初にお目にかかります。私、農園を管理しておるヘイリーと申します。いやはや、多くの方にご参加いただき光栄ですな。では、移動しながらの説明と致しましょう！」

奥から出てきた中年男性が、揉み手をしながら部屋を見回してにこにこしている。あらかじめ報告を受けていたのか、カロルス様を見てもほんの少し眉を上げただけでやり過ごした。

「待ちたまえ、君、護衛はきちんとついているんだろうね？」

ちょっぴり偉そうに話を遮ったのは、恰幅《かっぷく》のいい男性。確かにこの人は戦えそうにないなと考え、他へ視線をやって気付いた。商家っぽい人が多いなと思ったけれど、それって戦闘できそうにないってことだ。やたら人数が多いのは、もしかして護衛やらメイドやらが付き添っているからかも。ちなみに、当然護衛はついているらしい。カロルス様がいるから、どっちでもいいけれど。

『俺様、主がいる時点でどっちでもいいと思う』

――ラピスもいるの！　安心するといいの！

そうだね……やっぱり護衛は必要だ。ラピス部隊が活躍しないために。

「あれ？　土豚は？」

わくわくしながら表へ出ると、待っていたのは普通の馬車。思わずヘイリーさんに落胆の視線を送ると、不思議そうな表情が返ってきた。

「坊ちゃんは土豚に乗りたかったんですか？　それはそれは。荷運び用なんでね、皆さん敬遠されるかと思いまして。山まで行けば麓《ふもと》におりますよ」

ちゃんと乗れるんだ！　オレはぱっと顔を輝かせて馬車に乗り込んだのだった。

覆いを上げた幌《ほろ》馬車は、よく風が通って気持ちいい。ヘイリーさんが色々説明していたけれど、大した内容はなさそうだ。馬車に乗り込んだのは、オレたちを除くと５ペア。大人は男性３人と、メイドさん２人。子どもは男の子２人、女の子３人。見た目は小学校中～高学年といったところだろうか。いずれにせよ、戦闘員ではなさそうだから、オレがしっかりしなきゃ。

『お前も戦えそうにはない』

チャトに鼻で笑われ、ムッとしつつ反論は差し控えておいた。カロルス様も魔法使いの格好だから、１人で戦闘できる能力があるとは思われていないだろう。肝心《かんじん》の護衛は、と視線をやると、30代後半くらいの男性が５人。平和な道のりに、退屈そうにしている。

段々と人の少ない細い街道となるにつれ、オレは我慢できずに馬車の前へ前へと行ってしまう。山々は見えてきたけど、まだ土豚は見えない。

「まだかな……」

分かりきったことをつい呟いて、ため息をひとつ。オレは目立つカロルス様を一番後ろに置いたまま、結局一番前に陣取って目を凝らしていた。風に掻き混ぜられる髪が視界を掠め、見慣れぬそれにくすっと笑った。白ユータになっているから、髪が乱れたって平気。

だけど、さっきから凝視されている気がして、ふと隣の家族に視線をやった。

ギクリと肩を揺らした2人が、慌てて視線を逸らす。カツラだってバレちゃったかな？　だけど、ベージュと白が混じる髪の人もそう珍しくはない。

「ねえ、楽しみだね！　土豚、乗ったことある？」

にこっと笑うと、そっくりな顔立ちの2人がドギマギしながら視線を交わした。

「え、土豚？　乗ったことないけど……君、それが楽しみなの？」

「そうだよ！　楽しみじゃない？」

茶色い髪に緑の瞳は、隣にいるお父さんとお揃いだね。少々人見知りしながら話す少年は、オレより年上。というより、参加者にオレより年下はいないけれど。

「いや、土豚は別に……。マンドラゴラを採りに行くんだよ？　マンドラゴラ、知ってる？」

分かってないのかな、と困った顔で尋ねる様子は、いかにも幼児にするもの。言われてみれば、メインはマンドラゴラだった。ちなみにムゥちゃんはややこしいことになってはいけないので、お留守番をしている。

「知ってるよ！　あのね、学校で育てたことあるんだ。そういえば、何に使うんだっけ？」

おや、楽しそうなイベントにすっかり気を取られていたけれど、オレってマンドラゴラを収穫しても使い道がないな。授業ではお薬に使うとしか習わなかったし。

「何に使うか知らずに来たの？　マンドラゴラって結構怖いけど、平気？」

「怖くないよ、大丈夫！　ねえ、マンドラゴラの使い方、教えてくれる？」

これは渡りに船というやつ。ちら、とカロルス様の方へ視線をやると、腕組みを解いてひらりと片手を振った。顔は見えないけれど、好きにしてろってことだろう。

いそいそ隣へ腰掛けると、少年はちょっとはにかんでパパさんの方へ体を寄せた。そして、馬車の後部をちらりとやって、声を潜める。

「あのさ、あの人って君の護衛？　魔法使いの護衛って珍しいね」

「ふふっ、違うよ！　オレの……パパ、だよ。結構強いんだから」

少々ほっぺが熱く口ごもるのは仕方ない。

「だろうね、すっごく強そうに見えるよ。……ところで、あの、君の名前を聞いていい？」

どこか不思議そうに問いかけられ、オレも首を傾げる。

「オレ、ユータだよ！　どうかした？」

なぜかパパさんまでオレを二度見して、ますます首は傾いた。

「ごめん、女の子だと思って……あ、僕はマシュだよ」

「すまないね、あんまりかわ……整った顔立ちだったから、つい」

パパさんまでそんなことを言って頭を下げるもんだから、むくれつつ笑ってしまった。馬車内にはくすくす笑うオレの声が響き、どこかぎこちなかった空気が柔らかくなった気がする。

自然と子ども同士の自己紹介が始まって、オレが皆から女の子だと思われていたことも発覚。全ては、この髪色のせい！　黒って格好いいもんね、オレ黒髪でよかった！

マシュたちは魔法薬を含む様々なお薬を扱うお店を営んでいるそうで、マンドラゴラが安く手に入るならと、完全に商売っ気優先でやってきたので、楽しむ発想はなかったらしい。

「マンドラゴラを入手して、ユータはどうするの？　あの人は薬を作らないんだよね？」

再びカロルス様に向けられた視線は、すぐさまオレのところへ戻ってくる。マンドラゴラの使い道は、覚えきれないくらいあった。中でも肌が美しくなるという美容効果は、女性人気抜群だそうで。どうも、メイドさん含む参加者の女性陣はそれが目的みたいだ。ちょっと大人びた子もいるけれど、10歳にならないだろうに、おませさんだね。

「うーん。それなら、エリ……ママに持って帰ったら喜ぶかも。お料理には使えないの？」

やっぱりちょっと照れが入っちゃう。誤魔化すように、少し早口になった。

「え、苦いよ？　薬にするんだから食べられなくはないんだろうけど……少量で効くのに、効能が悪さしないかな？　あと、もったいなくない？」

「う、それもそっか。効能あるお料理とか、いいと思ったのに」

そんな他愛ないおしゃべりの間に、山々は目の前、道は悪路となってきた。

「この先――」

揺れますんで、気をつけて。多分、そう言ったんだろうけど、既にオレの体は馬車から弾き出されていた。あっと気付いたマシュたちの目が見開かれ、オレは大丈夫、と笑う。

「……重りでも着けとくか？　落ちたら危ねえもんな？」

からかうような声音《こわね》に、ぶら下げられつつむっと唇を尖らせた。オレが危ないわけないと知っている目が、笑っている。隣にいたマシュたちより早く、片手でオレを捕まえた魔法使い。

「え、あ、いつの間に……」

見上げる2人の目と口は呆然と緩んで、オレの方が大得意だ。ほら、格好いいでしょう。

一方のカロルス様は、気にした様子もなくオレを下ろすと、あろうことか長い杖をオレの襟《えり》足《あし》から背中へ差し込んだ。上着の裾から飛び出した杖が、こつんと床へ到達する。

「えっ、何してるの！　邪魔になるよ！」

「俺も邪魔なんだよ。重りだ、重り」

ちょっと魔法使いぃ⁉　杖を邪魔とか絶対ないから！　そしてこの杖、どんだけ重いの⁉

思いっきりよろめいたところを、ひょいと座席に座らされた。

おや、杖が上手いこと床でつっかえ棒になって、案外体が安定する。大きく突き出した杖のせいで、オレの左隣には誰も座れないけれど。

大人しくなったオレににやりとして、カロルス様は後ろへ戻ってしまった。圧が消えたのを感じて、マシュたちが大きく息を吐く。

「魔法使い……なんだよね？　すごく、その、力があるんだね。それに、さすがは君の父親。なんと言うか、ユータとは系統が違うけど、演劇に出られそうな顔立ちだね」

ああ、さっき一瞬フードが外れていたから。オレの視線に気付いたカロルス様が、ちょっと肩をすくめてばさりとフードをはねのけた。おや、もういいんだろうか。

途端に集中した馬車内の視線に苦笑し、美丈夫《びじょうふ》は少しだけ目を細め、ざっと皆を見渡した。青くなって、赤くなって、それぞれに視線を外したのを確認すれば、圧を緩めて悠々《ゆうゆう》と伸びをする大きな体。一分《いちぶ》の隙なく布で覆われているのに、その下にしなやかで頑強な肢体を想像させるのは、一体どうしてなのか。少しでも印象を変えようと、ざっくりまとめた髪さえ色香《いろか》を漂わせているような。

ん？　と片眉を上げたカロルス様へ、なんでもないと首を振り、さっき言われた台詞を思い返して少々落ち込んだ。オレ、カロルス様と系統違うのか……。

『………』

もはや何も言うまい、そんな気配をモモたちから感じつつ、オレはため息を吐いたのだった。

「見て、見て！　大きいね！　あれが土豚だよね!?」

大興奮して立ち上がろうとして、よろめいて座る。邪魔！　この杖、すっごく邪魔!!

「うん、そうだよ。本当に好きなんだね、土豚。珍しいかな？」

オレの興奮ぶりに、マシュがちょっぴり戸惑っている。聞けば、マシュたちや商家では土豚での荷運びもよくあるから、見慣れたものらしい。オレだって街で見たことはあるけど！　でも乗ったことないもの。やっと乗り換えだ！

じりじりしながら順番に降りる皆を見送って、やっとカロルス様に抱き上げられる。

「これ、取って！　どうしてこんなに重いの？」

不満たらたらで睨み上げると、カロルス様は意味ありげに笑った。

「フツーの杖だと、ぶん殴ったら折れるだろ？」

そりゃあ、普通の杖は普通の魔法使い用だもの。カロルス様の力でぶん殴ったら折れるだろう。つまり、鈍器《どんき》として使う気満々なんだな。

「あ！　あっ、もっと、もっと近寄って！」

さっさと土豚車に乗り込もうとするカロルス様に慌て、オレはばちばち厚い胸板を叩いて土豚へ手を伸ばした。土豚は温厚で大人しいから、触ってもいいって聞いたよ！

「はは、そんなに楽しみにされていたんですなあ。ビノ、よかったな」

ぶしゅる、と鳴いた土豚が、細長い鼻面をこちらへ向けた。ビノっていう名前なのかな。差し出した手を念入りに嗅ぐと、口元からちるる、と何かが飛び出してオレの腕に巻きついた。

「わ、わあ、ひええ……」

細長い舌が、確認するようにオレの腕や胴を滑っていく。確か土豚は視力があんまりよくないって書いてあったから、こうして相手を確認しているんだろう。べたべたになるかと思ったけど、ざらついた舌はシロよりずっと乾いている。こそばゆいのを我慢して、絡みつく舌をそのままに、反対の手を伸ばした。

「あったかいね」

毛皮と言えるほどの毛は生えておらず、手のひらに感じるのは、見た目通り象だとかサイみたいな分厚い皮膚。撫でるとざらざらで皮鎧みたいに硬いけど、ちゃんと温かい。体の割に小さな目が、オレを見つめてぱちくりと瞬いた。

「おいおい、俺は勘弁してくれ」

オレの確認が終わったらしいビノの舌が、今度はカロルス様まで伸びている。苦笑して体を引いたせいで、オレの手が空を切った。

「ほら、行くぞ。前に乗ってやるから」

名残惜しく身を乗り出すオレを撫で、カロルス様はひらりと土豚車へ飛び乗ったのだった。

荷車に座席を作っただけの土豚車は、ゆっくりだからこそ、険しい山道もなんとか乗っていられる。齧りつくように一番前に座ったオレは、ご機嫌にビノを見つめていた。立ち上がった耳が歩く震動でぴこぴこ揺れ、短いしっぽが時折ぺちりと自らの尻を叩く。ギイギイと荷車が軋《きし》む音は思ったよりも大きくて、途中でバラバラになりやしないかと心配になるくらい。

「楽しいか？」

脇目も振らずに前を向くオレに、頭上から半ば呆れた声がかかった。

「楽しいよ！　見て、歩くたびに首が揺れて、音楽に乗っているみたいだよ」

ガッチリお腹に回った腕をぎゅっと抱え、にこにこ見上げた。勾配《こうばい》がきつくなるにつれ、当然荷車も斜めになるわ、揺れるわで、どのペアも子どもを抱えて荷車にしがみついている。もしかして、大人はこのシートベルト代わりに必要だったとか？

トドメとばかりに現れた深い断崖と、頼りない木製の橋。スリリングなんてものじゃない。大人も子どもも、声もなく荷車にしがみついて顔を俯かせている。オレは飛べるから、みんなにカロルス様を貸してあげたい気分だ。この腕の中にいれば、どんなことだって怖くないのに。

「皆様道中お疲れ様でした！　さあさ、こちらが農園施設になりますよ！」

ようやく着いた頃には、皆まるで荷車と手がくっついてしまったみたい。さすが農園主は慣れたもの、元気に追い立てられて文句を言う元気もなく、皆よたよたと荷車を降りた。

ひんやりした空気は、山頂に近いせいだろうか。ぶるりと体が震えて、温かい方へ身を寄せた。覆ってくれたマントよりも、肩を包んだ手の方が温かい。

「農園は……？」

目の前には、大きな建物があるだけ。奥に煌めくのは、湖だろうか。てっきり、山の中に大きなマンドラゴラ畑があるとばかり思っていたオレは、小首を傾げた。

「マンドラゴラだぞ？　外に植えられねえだろ」

そうか、万が一知らずに引っこ抜いたら事故が起きるかもしれない。いや、むしろ引っこ抜きに来る盗人《ぬすっと》を警戒しているのかもしれないけれど。

「ここでは断崖と湖に囲まれることで対魔物と防犯対策をしておりまして、自然を利用することで余計なコストをかけずに適正価格での提供を可能としております。つまり人員も少ないわけですな。それがまあ今年は気候がいいのか機嫌がいいのか、やたら豊作で――」

建物内を案内しつつ、ヘイリーさんはよく話す。どうやら、豊作すぎて人手が足りないのでこんなイベントを思いついたらしい。放っておけばどうせダメになるとのこと。オレたちが収穫した半数を農園に納める手はずなので、採れば採るだけお互いの取り分も多くなる手はずだ。

『主ぃ、根こそぎいっちゃおうぜ！　ぼろ儲《もう》けだ！』

『れこそぎらぜ！　もろろーけらぜ！』

チュー助たちはフンフンと鼻息も荒くやる気満々だ。そんなにいらないよ？

「さ、皆様こちらが自慢の第一農場ですよ！」

ヘイリーさんは得意げに鼻をヒクヒクさせ、パーティ会場みたいに扉を押し開いて見せた。

「おお、これはなかなか……」

体育館ほどのスペースには、びっちりと作物が植わっている。偉そうだった商人風の人からも、感嘆の声が漏れた。

す、すごい……けど。思ってたのと違う！ 目の前に広がっていたのは、畑と言うより……なんだろう、陳列棚《ちんれつだな》？ 植物のマンションみたい、と言えば伝わるだろうか。木製の設備ではあるけれど、どこか近代的な雰囲気すら漂っている。

「こ、これ全部収穫は確かに大変だね……」

採り尽くしてしまったらどうするんだろう、なんて心配は無用だったみたい。

「これ以上土の中で過ごすと品質が落ちるばかりでね、まず今日はこの農場からで」

にこにこしながらヘイリーさんが取り出したのは、金属製の筒《つつ》に袋が被さったようなもの。

「これをきっちりこうして……なるべく頭と葉の根元を両方掴んでですね――」

どうやら、マンドラゴラを引っこ抜くための道具らしい。学校では、土を叩いたり葉っぱの向きを見たり、いろんな手順を踏んでマンドラゴラの『正面』を確認して背後から抜いていたけれど、そんな手間をかけてられないってことだろう。ここに植わっているのは、一番オーソドックスな種。つまり、失敗してまともに悲鳴を受けると、魔力がなくなって気絶する。

「ちなみに、魔力回復薬はこちらで販売しておりますので」

販売なんだ。にこやかに説明するヘイリーさんに、ちょっとばかり怖《お》じ気《け》づく面々。

「道具をきちんと使えば問題ないですよ、ほら、こんな感じです。どんどんいきましょう！」

言うなりヘイリーさんはマンドラゴラに筒を被せ、上の袋から手を突っ込んで引っこ抜いた。くぐもった悲鳴が聞こえたかと思えば、ニンジンみたいなものがぽいと背中のカゴに放り込まれる。さすがの手際に呆気に取られるうちに、ヘイリーさんはどんどん棚を引き出して収穫していく。もう農園主モードに入ってしまったらしい。

怒濤《どとう》の勢いに慌てた他の参加者も、我先にと棚に手を伸ばし始めた。

オレもヘイリーさんの真似をして、被せた筒をがっちり押さえ込み、手探りでマンドラゴラを引っこ抜く。ギャアァ、と背筋の寒くなるような声は、特殊な筒でかなり抑え込まれている様子。これなら魔力被害だけでなく、精神的疲労もだいぶ違う。

「カロルス様は、上を採って！」

やる気なく立っているカロルス様を大声で呼びつけた時、え、と小さな声が聞こえた。首を巡らせると、こちらをまじまじ見つめる青年が1人。確か、ネリアという女の子と参加している人だ。マズかったかな、もしや、英雄カロルス様を知っている人だろうか。だけど名前自体は珍しいものじゃないし、まずバレることはないだろう。現に、訝しげにしたものの、剣すら持っていない姿に首を捻って、ネリアちゃんと視線を交わしている。

ひとしきり手前の棚を片付け、額の汗を拭った頃、そういえば上から悲鳴が聞こえてこないなと気がついた。カロルス様ってば、またサボってるのではと背後を振り仰ぐ。

「カロルス様、ちゃんと採ってよ！」

商人の人たちはすぐにバテそうだし、オレたちが頑張らなくちゃ終わらないよ！

『スオー、趣旨《しゅし》が変わってると思う』

『単なるバイトねえ』

確かに、と思いつつ見上げると、ぶらんと目の前にマンドラゴラがぶら下げられた。

「ほらよ、採ってるぞ」

本当だ。でもなんか、そのマンドラゴラ悲壮《ひそう》な顔してない？

「ええ？　だけど悲鳴が聞こえないよ？」

なんだか物騒《ぶっそう》な台詞だなと思いつつ、伸び上がって収穫する手元を見て――

「ちょっ、カロルス様っ!!　わっ……」

無造作にマンドラゴラを掴んだのは、まさかの素手《すで》。オレは咄嗟に小さな両手で目を塞いで……え、なんで目を塞いじゃったのかな。しまったと思ったけれど、ノーガードの耳に悲鳴は届かない。そうっと目を開けると、ちょうどマンドラゴラがカゴに放り込まれるところだった。

「え、なんで？」

つい不機嫌な声になったのも当然だと思う。おかしいよね!?

「なんでってなんだよ、お前が採れっつうから」

「違うよ、どうして道具を使ってないの！　悲鳴を聞いたら危ないでしょう！」

腰に手を当てて睨み上げても、どこ吹く風だ。ひょいひょいとお気軽に収穫している。だからどうしてそのマンドラゴラたち、悲鳴を上げないの！　ずるいでしょう！

「道具とかめんどくせえだろ、威圧したら鳴かねえんだよ」

何その裏技。なんか可哀想《かわいそう》なんですけど。声もなく恐怖に引きつるマンドラゴラに、オレは同情の視線を送ったのだった。

「さあさ、皆さん休憩に致しましょう！　たくさん採れ……お、おお、すごいですな」

言われるまでもなく何度も休憩をとっていた周囲をよそに、脇目も振らずに収穫し続けたオレたち。その差は歴然だ。薬草採りとして名を馳《は》せたパーティとしては、面目躍如《めんぼくやくじょ》といったところだろう。驚愕の視線には胸を張って応えた。

「ユータすごい……疲れてないの？　大丈夫？」

「大丈夫だよ！　オレね、実は冒険者だから。たくさんあるから、マシュにも分けてあげるね」

「え、いいの？　僕も一応、登録はしてるから冒険者だけど……」

そうじゃないの！　ガッチリ冒険者なの！　そう口を開こうとした時、遠くで大きな音がした。次いで、微かな震動が伝わってくる。

何事かと騒ぐ参加者たちの中、ヘイリーさんもおろおろしている。

「何だろうね？　何か想定外なことみたい。マシュ、大丈夫？」

「ゆ、ユータ落ち着きすぎじゃない!?　何、一体なにが起こってるの？」

ちらっと視線をやると、心得たラピスがぽんっと消えた。

「皆さん落ち着いて下さい！　い、今ウチの者が確認しているところで……」

慌ただしく扉が開けられ、従業員らしき人がヘイリーさんに耳打ちするのと、ラピスが帰ってきたのはほぼ同時。

――大したことなかったの。橋が落っこちた音だったの。

どこか不満げな顔は、魔物の群れでも期待していたんだろうか。橋って一体どこの――

「「え、橋って、あの!?」」

つい声に出たものの、見事にヘイリーさんと被ったからセーフ！　ちなみに、カロルス様の

『腹減った……』の呟きもどよめきに被ったのが幸いだった。

「あそこの橋が、落ちたのですか⁉　なぜ！」

「冗談だろう？　いや、他に経路は確保してあるんだろう？」

汗を拭き拭き説明してくれた内容は、やはり断崖の橋が落ちたというもの。原因は不明、そして断崖を越える橋はあれだけ。もちろん、断崖を避けて山中を下りることは可能だけれど、それができるだけの体力・気力、野営と戦闘能力は必須ということだ。

「まあまあ、私たちが通っている間に落ちなくてよかったと思いましょう」

ため息を吐いた青年が取りなし、確かに、と皆が身震いする。

「橋は定期チェックしていたのですが……今言っても仕方ありませんね。皆様、ひとまず夕食を召し上がって、今日のところはお休み下さい。明るくなれば麓へ連絡致しますので」

農園でしかないここで豪勢な料理が出るはずもなく、オレが期待したマンドラゴラ料理もない。この量では、あとでカロルス様に2回目のディナーを用意する必要がありそうだ。

静かな食堂で、もそもそと口へ運ぶ皆の顔はどこか不安が漂って重苦しい。2、3日足止めを食うだけだろうに、と思うのは、オレがいつでも帰れるからだろう。

「オレ、何かした方がいい？」

オレたちに割り当てられた簡素な部屋で、横になったカロルス様に飛び乗った。橋を作るとか階段をつけるとか、結構な魔力を使うけど、できなくはないと思う。

「いらねえだろ、多少予定が延びるだけだ。大人しくしてろ」

苦笑したカロルス様の腹が、ぐうと鳴った。ひとまずおにぎりを5つほど枕元にお供えすると、飛び起きて頬ばり始める。

「じゃあ、お食事の改善は？　どうせカロルス様に何か作るなら――」

「それはやるべきだな！　今すぐにでも！」

勢い込んで輝いたブルーの瞳に、オレはじっとりした視線を向けたのだった。


『ねえねえ、ゆーた。呼ばれてるよ？』

『言うだけ無駄だけど、この状況でぐっすり寝過ぎじゃないかしら？』

顔面で弾むモモと、舐め回すシロのW攻撃を受け、オレは唸り声を上げて伸びをした。

「ユータ、ユータ大丈夫？　そこにいるよね!?」

扉を叩く音と切羽詰まった声が響いて、寝ぼけ眼《まなこ》を擦った。

「なあに……？　おはよう、マシュ」

我関せずとまだ寝こけているカロルス様をひと睨みして、渋々扉を開ける。

「あ、よかったぁ。全然出てこないもんだから、何かあったかと思って」

もうそんな時間？　大あくびと共にぼうっと見上げると、マシュは随分疲れた顔だ。もしや、眠れなかったんだろうか。段々覚醒《かくせい》してきた頭が、ふと慌ただしい空気を感じ取った。

「気付いた？　出てきてないの、ユータたちだけだよ。大騒ぎになってる」

何かトラブルがあったらしいと察するものの、マシュには何も伝えられていないそう。起きないカロルス様はシロに任せて駆け出すと、施設の出入り口に人だかりができていた。

建設的でない怒鳴り声を上げているのは、あの偉そうな商人男性。矛先《ほこさき》はもちろんヘイリーさんで、青年とマシュのパパさんがそれを宥めている様子。

そちらはひとまず置いておき、部屋の隅《すみ》に目をやった。

「大きな声だと、ビックリしちゃうね。みんな、眠れた？　朝ごはんは？」

にっこり笑ってみせた先には、他の子どもたちが身を寄せ合うようにして縮こまっていた。機嫌を取ろうとするメイドさんまでそんな顔では、効果も薄いだろう。

一瞬ぽかんとした子たちが、黙って首を振る。うむ、それはいけない。寝不足でお腹が空いて、そんな時に気分がよくなるはずがない。それはきっと、大人だって。

「ねえ！　朝ごはんにしよう？　オレ、お腹空いちゃった！」

少しだけ点滴《てんてき》魔法を施すと、暗く沈んでいた顔に少し赤みが差した。

「でも私、あんまりお腹空いてないわ」

小さく呟いた女の子は、セイラちゃんだったかな。きゅっとメイドさんの手を握って俯いた。

「そうなの？　どうして？」

「だって、怖いわ。聞こえたもの、麓と連絡がつけられなくなったって。このまま、もしずっとこのまま、ここに閉じ込められたら……」

大騒ぎになっているのは、まさにそれ。オレたちに詳《くわ》しい説明はないけれど、大人には事情が説明されているのだろう。カロルス様が起きてくれれば、そちらへも説明があるはず。

「大丈夫だよ！　だってここ、山だよ？　どこからだって下りられるもの。そうじゃない？」

「えっ……でも、魔物がいるし、危ないわ」

「大丈夫。じゃあ、特別に見せてあげるね？　お手々出して」

訝しげにしながら、セイラちゃんは両手を差し出した。オレは、小さな手の上でパチンと両手を合わせ、うふっと笑みを浮かべる。さあ、手品だよ？

「え……わっ⁉」

ぱっと手を開いたその空間から現れましたるは、桃色のふわふわ。それはふよん、と手のひらに着地して揺れた。周囲の子まで、わっと集まって押しくらまんじゅうみたい。

「すごい、どうやったの？　この子、スライム？」

「そう、モモはね、特別なスライムなんだよ。見ていて？」

メイドさんたちが揉め事に気を取られていることを確認し、オレはしいっと人差し指を唇に当てた。そして、取り出した棒きれを——思い切りモモへ振り下ろす！

「きゃ、何を——ええっ」

突然の凶行《きょうこう》に目を剥いたみんなが、弾き飛ばされた棒きれに、もう一回り目を見開いた。

「ナイショだよ？　モモはシールドが張れるの。だから、みんなを守ってあげる。だけど、歩いて山を下りるのってすっごく大変だから、迎えに来てくれるまで待っていようね」

にこっと笑うと、半信半疑でモモのシールドに触れていたみんなが、顔を上げた。

「それとね、今朝は特別なお食事があるんだよ！」

「特別？　でも、昨日のは普通だったわ」

「どういうこと？　こんな山奥では、食事は期待できないって」

少し食いついた子どもたちに、ここぞとばかりにぱっと笑顔を弾けさせた。タクトみたいな、雲間からお日様が現れるような、眩しい笑みでありますように。

「それは、見てのお楽しみ！　さ、行こ！　まずは朝ごはんだよ！」

手近な子の手をきゅっと握ると、戸惑いつつも一歩踏み出した。少し上向いた気持ちを嬉しく感じながら、さて先導しようとした時、横やりが入った。

「おい、勝手な行動をとるんじゃない、こんな時に飯だなどと……」

大人相手では思い通りにならないと踏んだのか、怒鳴っていた男が、ずかずかとこちらへやってきた。その勢いに、表情に、首をすくめて怯えた子どもたちの目前まで迫って――盛大に何かにぶつかって蹲った。

『あらあら、頭に血が上って、目の前が見えていないようね』

セイラちゃんの手のひらで、モモがまふんと得意げに弾む。オレがしいっとやってみせると、子どもたちの頬がふわりと紅潮した。そして、立ち上がった男の顔も真っ赤になっていた。それってぶつけたせい？　それとも別の理由？

「何をした！　お前たち、大人がこうしているというのに――」

言葉が、不自然に途切れた。沸騰《ふっとう》しそうに持ち上がっていた表情筋が、みるみる下がる。

「……どうした？」

低く掠れた声は、いつも通り。怒ってもいないし、すごんでもいない。だけど、きっと笑っていないんだ。目の前の男は、もうすっかり青白くなって蛇に睨まれたカエルの様相を呈している。

「カロルス様、おはよう！　なんでもないよ、朝ごはん食べようって言ったの」

振り返って飛びつくと、そうか、と少し口角が上がる。固まっていた周囲の空気が、少し柔らかくなった気がする。よそ行きのカロルス様はね、そうして笑っていないと結構怖いのかもしれないよ？　かちっとした黒衣《こくい》もそれに輪をかけているのかも。

「よし、朝飯だ。行くぞ！」

にっと朗らかな笑みが浮かぶ。それはきっと、オレに言ったんだろう。だけど、長い足で迷いなく進む後ろには、ぞろぞろと全員がついてきていたのだった。

「こ、これは……？　一体、なぜ？」

子どもたちの瞳がきらきらしている。あれ？　お腹空いてないんじゃなかったっけ？

そして、大人たちは困惑の眼差《まなざ》しをヘイリーさんへ向けていた。

「あの、これは、そちらの方々のご厚意《こうい》でして……本当に、ありがとうございます」

視線が一斉にオレたちに向いた。そう、昨日カロルス様があんなことを言って、すぐさま厨房へ押しかけた結果がこれ。食に関することなら行動の早いこと。ヘイリーさんや従業員さんたちと相談して、厨房と食材を使わせてもらう代わりに、作ったものをお裾分けすることにしたんだよ。だって、どうせカロルス様に作るなら、みんなにも作らなきゃ食べづらいじゃない。

「厨房の人たちと作ってるから、変なものはないと思う、安心して！」

素性《すじょう》も知れない人間が作ったとなると、食べてくれないかもしれないと思って慌てて付け足しておく。だって彼らは冒険者みたいな豪快な人種じゃないだろう。

「作った……？」

訝しげな視線が、カロルス様に向けられている気がする。この黒衣の暗殺者がまさか、なんて考えているのが目に見えるようで、つい吹き出した。そこは、訂正しないでおこう。

「昨夜試食させていただきましたが、とても美味しくて。その、皆様どうぞ……と、私が言っていいものか分かりませんが」

苦笑するヘイリーさんは、オレたちへ視線をやって頭を下げた。

「すごい！　ユータ、これ何？　美味しそう！」

「何……え、ええと……パンケーキサンド？」

きらきらしたマシュの瞳を受けて狼狽《うろた》える。しまった、名前なんて考えてなかった。

きれいな小麦色の、まあるいパンケーキ。緑の淡いクリーム色が、ひらひら覗く葉っぱや桃色を鮮《あざ》やかに魅せている。マシュが掴んでいるのは、ハムとチーズのサンドかな？　ふんわりパンケーキにするにはメレンゲ職人ジフという労力が足りないので、ぺたんこパンケーキ。でも具材を挟むならこれで十分！　お肉やお野菜を挟んだお食事系から、クリームや果物を挟んだデザートまで。ラキ製のカラフルなピックを刺せば、途端に華やかだ。

他のテーブルにはパンケーキの山と具材が色々盛られ、足りなかったら自分で作ってね、というスタイルだ。つまり、カロルス様用ってこと。

「美味しいっ！　美味しいわこれ！」

「美味い……シンプルなのに、美味い」

大人も子どもも、あの怒鳴りおじさんだって、今は食べ物に夢中だ。しっかり食べて、お腹を満たしてから話をしよう。その方が、きっと上手くいく。

オレは卵サラダとチーズ、葉野菜のサンドを頬ばって、ふわりと笑った。


「――へえ、通信できねえのか」

お腹の落ち着いたカロルス様が、ようやく事の次第を聞いて呟いた。雨が降ってきたのか、くらいの軽い調子に、固唾《かたず》を呑んでいた周囲が拍子抜けする。

「あ、あんただって困るだろう？　抗議……してしかるべき……だと思う」

次第に尻すぼみになるおじさんには、もうあの勢いはない。

「今抗議して、どうすんだよ？」

呆れた眼差しに、彼はぐっと詰まった。抗議するなら、無事に山を下りてから存分に。

「だけど、誰が、どうして通信の魔道具を盗っていったのかな」

カロルス様の膝という特等席で、オレもしっかり話に参加している。

「私たちを孤立させるため、でしょうか。こうなると、橋が落ちたのも人為《じんい》的なものという線が濃厚ですよね」

メイドさんが難しい顔をしてカロルス様を見る。さっきから、みんなカロルス様を中心に話しているようなんだけど、本人がどうでもよさそうなので、オレがハラハラしている。

「そこまではまだ……可能性として考えておくべきかと」

「だが、なぜだ！　我々を孤立させてなんの得がある！　まさか、人知れず始末しようと……」

青くなったおじさんがちらりとカロルス様を見て、慌てて首を振って視線を逸らした。うん、カロルス様がそんなことするなら、直接やる方がよっぽど楽だよ。彼にはどうやら始末されそうな心当たりがたくさんあるんだろうな。

「あんたらが山を下りるってんなら、護衛してやらんでもないが」

輪の外からかかった声に、全員が振り返った。

「だが、危険な道中だからな、1組ずつだ。もちろん、別料金だぜ？　そこのあんただって、腕に自信があるかもしれんが魔法使いなんだ、1人じゃあ戦えねえだろ？」

そう言う彼らは、護衛の冒険者たち。道中一緒だった5人と、施設にいた3人。なるほど、それなら誰かが麓まで下りれば、状況を伝えることができる。

「じゃ、じゃあ！　誰が行くかね!?　料金は補助してやってもいい！」

ぱっと顔を輝かせたおじさんに、思わず首を傾げた。

「あれ？　おじさんが行きたいんじゃないの？」

「私はっ……息子もいるし、山中を行くなぞ、無理に決まってる！」

そうなのか。てっきり、おじさんが一番に名乗りを上げると思ったのに。となると、同じくみんな子どもがいるんだから――そうなるよね。

視線を交わしながら、誰も手を挙げない。そして、告げられた料金はAランクの護衛もかくやというお値段。足下を見ているとしか思えない。

膠着《こうちゃく》状態に痺れを切らしたカロルス様が、何気なく言った。

「なら、俺が1人で下りてきてやろうか？　護衛はいらねえ」

「「ダメです!!」」

「お、おう……」

なぜか一斉に口を揃えて言われ、行くな、と縋る視線にくすっと笑う。そうだよね、カロルス様がいないと不安になるよね。

結局、ヘイリーさんも責任者としてここを離れるわけにいかず、農園の従業員から1人選出されることとなった。

「大丈夫だよ、これ、ええと……天使様のお守り。貸してあげるね」

嘘じゃない、確か王都でもらった天使様のお守りだったはず。そして、今このお守りには最強の破壊神がついている。ラピス部隊に道中の様子を見てもらえるよう頼んであるからね！

『破壊神がついていていいの？　守ってくれるかしら……？』

ふよん、とぬるい視線は見ないふりをする。ほら、攻撃は最大の防御って言うじゃない！

「ありがとう……君たちも気をつけて。救援が来るにしたって、数日はかかるから」

選出された厨房管理の料理人さんは、不安に揺れる瞳を隠しきれないままに笑った。本当に、大丈夫なのに。伝えきれないもどかしさに眉尻を下げた。

「……おう、俺からも餞別《せんべつ》だ」

え、カロルス様も？　不思議に思って見上げると、何やら目配せされた。そして、おもむろに長い杖を持ち上げ、料理人さんにかざしている。一体、何が起こるんだろう。

『何も起こらないわよ、あなたが起こすの！　早く！』

真剣に目を凝らしていたら、モモの柔らかアタックが後頭部に決まった。ああ、そういうこと！　慌ててライトの魔法を発動させ、カロルス様の杖と、料理人さんを包み込む。あとは、ええと、点滴と回復魔法でいいか！　ついでに浄化《じょうか》をかけたらキラキラしてきれい！

「お、おお……!?」

光が収まったそこには、やたらツヤツヤした彼が目を見開いていた。

「これで、心配いらねえな？」

にや、と笑った顔を見上げ、料理人さんは感極まって何度も頷いている。うわあ、何も言ってないのに、なんか大丈夫な感じになってる。そして、そんな魔法をかけてもらえるなら自分が行けばよかった、なんて雰囲気を周囲から感じたのだった。

「ユータの父親って、本当に魔法使いだったんだね！　強いんだよね？　あのスライムもいるし、護衛がいなくても大丈夫だよね⁉」

期待を背負った一団を見送ったあと、オレはマシュから壁際に追い詰められていた。

「う、うん。そうだね。護衛は、うん、大丈夫」

彼らの出立後、戦闘員がガクリと減ったことに気がついて不安がぶり返してきたらしい。建物内にいれば危険はないってことで、残る護衛は2人だけだもの。

「それにね、オレだって結構強いから、マシュを守ってあげるよ！」

ぐっと胸を張ると、マシュからは気の抜けた笑みが返ってきた。

「はは……ありがとう。そうだよね、ユータくらいは僕が守るって言えなきゃね」

思ったのと違う反応だけど、緊張は解けたみたいだからよかった……のだろうか。

なんだかんだ、朝方のパニック状態は収まって、今は不安半分、安堵半分の気配が漂っている。このまま大人しく過ごしていれば、きっと救援が来るだろう。

ただ、オレはすっかり忘れていた。もし、一連の出来事が人為的なものであれば、橋を破壊だなんて乱暴なことをする人間が、どこかにいるってこと。


「ねえ、このままじっとしているのって、すごく退屈だね」

オレはため息を吐いてマシュを見上げた。遊びに行きたいけれど、1人で勝手にお外へ出れば怒られること必至だ。カロルス様はといえば、これ幸いと部屋で二度寝している。

「退屈……だとは思ってなかったけども。確かに、こうしていても色々考えちゃうね」

そうとも言う。だから、もしよかったらなんだけど。オレはちらりとヘイリーさんに視線をやった。

「――え、収穫ですか……？　もちろん構いませんが……」

ヘイリーさんは、困った顔で周囲の顔色を窺った。

「まあ、時間はあるんだ。有効利用してしかるべきではないかね」

「気が滅入っちゃうから、その方が嬉しいわ」

せっかくだからマンドラゴラ収穫の続きをやりたいと申し出ると、案外他の人も乗り気のようだ。取り分が多くなるようなことは歓迎らしい……みんなちゃっかりしている。

「それなら、こんなことになったお詫《わ》びも兼ねて、別棟も含めてご案内しましょう。採り放題、というわけにはいきませんが、高級なラインもありますよ？」

ヘイリーさんが片目を瞑《つむ》ってみせると、主に大人から歓声が上がったのだった。

大急ぎでカロルス様を呼びに行きがてら、ちょうどすれ違った青年ペアにも声をかけておく。大体のメンバーはさっきのホールにいたから、これで連絡は行き届いたかな。

「カロルス様、寝ちゃダメ！　マンドラゴラ採りに――」

言いながら部屋に飛び込んだ途端、何かにぶつかって弾き飛ばされた。宙に浮いた体はがしりと掴まれ、高く高くブルーの瞳と同じ高さまで持ち上げられる。なんだ、起きてたんだ。

「一緒に採りに行こう、ね！」

ぎゅう、と頬を寄せると、あからさまにノーサンキューと言いたげだった表情は、苦笑に変わる。ずるくないよ、これはオレだけの希望じゃないの。みんながカロルス様に来て欲しいって思っているもの。オレは、期待に応えているだけだから。

「あー、しょうがねえな。お前が言うなら仕方ねえ……ゆっくりできると思ったのによ」

はあ、とこれ見よがしなため息を吐いて、カロルス様はゆったり歩き出したのだった。

「見て！　カロルス様、紫のマンドラゴラ！」

おう、とか、ああ、とか全然興味なさそうな返事が腹立たしい。散々ウロチョロして怒られた挙げ句、オレはカロルス様の肩の上に捕獲されている。歩けるのに！　自分であちこち見に行きたいのに！

「はは、そんなに興味があるなら、将来ここで働くのはどうですかな？　ああ、紫の子は触ってはいけませんよ、毒性がありますから」

一際頑丈に作られた施設内は、色とりどり、大きさも様々なマンドラゴラが鉢植えになっていて、魔女の温室みたいな雰囲気を醸《かも》し出している。ここが、いわゆる『高級ライン』のお高いマンドラゴラ施設らしい。普通のマンドラゴラは葉っぱとちょこっと頭が出ているだけなのに、ここのマンドラゴラは顔部分が土から覗いていて、むしろオレたちが見られているような気がしてくる。何なら、たまに動くのもいる気がする。

「ムゥちゃんがいたら、お話しできたかもしれないね」

「お前、あいつをこれと一緒にするのは可哀想だろうが」

そう？　ちょっと強面《こわもて》だけど、ここのマンドラゴラたちだってかわいいと思うよ。

オレはもちろん楽しんでいるけれど、大人の皆さんも、少々規格外だからと分けてもらった高級マンドラゴラにほくほく顔だ。

「さて、どうでしたかな？　少し休憩して、ご希望の方は昨日の農園で収穫しましょうか」

概ね施設内を通り抜けたオレたちは、せめてもの息抜きに、と裏口から外へ出た。目の前には湖と空が広がって、お日様が気持ちいい。

「なんだか久々に外に出た気がする！」

波立つ湖は光を乱反射して眩しいくらい。オレは大きく伸びをして息を吸い込んだ。1日も経っていないんだけど、出られないと思うと随分長く感じるものだ。

「なあ、ヘイリーさんよ、あっちは何だ？　焼却炉《しょうきゃくろ》なんてあったか？」

さあ戻ろうとした時、護衛の1人がヘイリーさんを呼び止めた。

「え？　あそこには――なっ!?」

指さす方には、灰色の煙がもうもうと空へ吸い込まれている。みるみる青くなるヘイリーさんの表情は、ただごとではない。敏感に感じ取った周囲に怯えが走った。

「子どもを中へ！　火消しを手伝って下さい！　もしマンドラゴラが、燃えたら――！」

護衛の1人が従業員を呼びに行き、ヘイリーさんは煙の上がる方へ駆け出そうとする。

「ま、待ちたまえ！　一体なんだね!?　我々にも手伝えと？」

「あそこは、不良品の倉庫です！　マンドラゴラですよ!?　もし燃えれば、皆一蓮托生《いちれんたくしょう》でしょうが！　あれだけ燃えれば、湖くらいで魔物は止められません！」

口角から泡を飛ばす勢いで告げたヘイリーさんは、もう振り返りもせず駆けていく。釣られるように走り出した皆を追いかけ、オレも走り出した。確かに、授業でも大事なことだと習った気がする。燃やすと、その魔力と臭いで魔物がおびき寄せられるって。

燃えているのは、湖の中ほどにある小さな島。桟橋が渡されたそこは、一部木々が拓かれて畑と小屋、積み上がった木樽《きだる》が見える。その木樽から火の手が上がり、マンドラゴラが入っていたんだろう、妙な臭いがしている。そしてすぐにも小屋に火が移りそう。島へ渡る橋も、小屋も、こんな時でなければのどかで素敵な風景だったろうに。

「オレ、火を消せると思うよ」

息せききって走っていく大人たちの背中を追いながら、傍らのカロルス様を見上げた。

「だろうな。吹っ飛ばしていいなら、俺も消せる。だが――」

ちょっと難しい顔をしたカロルス様が、ちらりと前を行く人たちを見て、後ろを振り返った。

そして、ガリガリと頭を掻く。めんどくせえ、と言いそうな表情の意味が分からない。

「ガキは建物の中に入ってろ！　あんたも急いでくれ！」

橋の手前で振り返った護衛の人に怒鳴られ、併走するカロルス様を見上げた。

「待ってろ！　いいな、待て！」

当然連れていってくれるものだと思った口からそんな台詞が飛び出して、思わず足が止まる。

視線を絡ませたまま、走りゆくその唇が微かに動いた。そして、にっと笑う。

「分かった！」

オレはきりりと顔を引き締め、にっと笑みを返してみせる。翻った黒衣は、すぐにあとから来る人々に紛れて分からなくなってしまった。

しばらく見つめてから、オレも子どもたちのところへと踵《きびす》を返した。何がどうなっているのかサッパリだけど、とりあえず分かったことはひとつ。何かが、まだ起こるだろうってこと。だって、言われたもの。『任せる』――って。

「ユータ、ダメじゃないついて行っちゃ！　魔物が寄ってくるかもしれないんだよ！」

オレを引っ張り寄せたマシュの手が震えている。そっか、みんな不安だよね。大人はほとんど向こうへ行ってしまって――うん？

微かに違和感を覚えた時、空気が歪むような鋭い力を感じた。そして、轟音《ごうおん》。間近く上がる甲高《かんだか》い悲鳴に、慌てて両手を振った。

「大丈夫！　あれは違うよ、カロルス様の剣……魔法だから！　心配ないの！」

涙に濡れた瞳をぐるりと見つめ返し、にっこり笑う。内心、どうやって剣技を発動させたんだと疑問でいっぱいだったけれど、顔には出さない。大方、護衛の剣でも借りたんだろう。魔法使いじゃないってバレバレだね。この分だと、全部ぶっ飛ばしたんだろうな。

安堵半分、怒られやしないかと心配半分で桟橋のたもとへ視線をやって、眉を顰《ひそ》めた。なぜ島で消火活動をしていたはずの護衛さんが、既にそこにいるんだろうか。微かな違和感がまた持ち上がってきた時、その手に小さな火が生まれ――瞬く間に橋が炎に包まれた。

＊＊＊＊＊

怪しいよなあ、あからさまに。カロルスは殊更《ことさら》ゆっくりと走りながら、前を行く青年を眺めた。気付いたらしい彼が振り返り、懇願《こんがん》の表情で何やら訴えかけてくる。子どもばかり残った後ろを振り返り、併走するユータに視線を落とす。これ、バレたら俺が怒られるんだよな。

カロルスが逡巡する間に、護衛に止められたユータが視線を上げた。『一緒に行っていいよね？』疑いもなく訴えかける表情にわずかに躊躇ったものの、仕方ない。案の定見開かれた瞳は、しかし真っ直ぐにカロルスを見つめたまま。

……任せる。音のないその一言で、ユータはふわっと笑った。伝わった――少しばかりの危《き》惧《ぐ》が、溶けて消える。恐れたのは、ユータを傷つけやしなかったかと、ただそれだけ。

「よかったのですか、あの子は確実に狙われるでしょうに……」

並んだ青年が、小さく呟いて非難めいた眼差しを向ける。

「舐めるんじゃねえよ、俺の息子だぞ？」

にや、と笑う自信に満ちた笑みに、青年は気圧されながら首を傾げたのだった。

渡ってみれば、島は思ったよりも広い。妙な臭いが漂う中、従業員も客も入り乱れ、総出でバケツリレーをしている。カロルスに気づいたヘイリーが、縋るような視線を向けた。

「水魔法を！　火を消して下さい！　いや、小屋を濡らすだけでもいい！」

「水と言われてもな。火を消せばいいんだろ？　ここらのモノ、ダメになっても文句ねえな？」

「そう言ってるでしょう！　火さえ消えればどうでもいいです！」

煤《すす》けた顔は火に照らされ、時折絶望が滲む。農園の建物は要塞でもなんでもない。魔物が群れで襲ってくれば、ひとたまりもない。少しでも、少しでも燃えるマンドラゴラを減らさねば。水魔法なら、バケツよりも広範囲に濡らすことができるのに。

「おう、言ったな？　離れてろ」

カロルスは無造作に周囲の人間を押しのけると、ぐっと腰を下げて杖を構えた。

びりり、と緊張が走った気がする。空気の変化に気がついて、皆の動きが止まった。

ふ、と軽い呼気と共に、気付けば杖は振り抜かれ――振り抜かれ……？　自然な動作を受け入れてから、ぼやけた脳が違和感を訴える間もなく、轟《とどろ》いた音と、衝撃。

「――あー、やっぱ小屋もなくなるな」

気まずげに振り返ったカロルスが、俺はちゃんと確認したと言いたげな視線でちらちらとヘイリーを見ている。なくなったのは小屋だけではなかったが。

「い、今のは……」

ようやっと絞り出した声に、カロルスは朗らかに歯を見せて笑った。

「風魔法だな!!」

嘘だ！　と全員一致した意見は、しかし誰の口からも発せられることはなかった。

「え、と、とりあえず！　最悪は免《まぬが》れましたが、燃えたことに変わりありません。戻って――」

しばしの沈黙を破って、なんとか持ち直したヘイリーが笑みを浮かべようとした時、視界に再び見覚えのある赤が翻った。

「とんでもねえな。だが、こっからは大人しくしてもらうぜ？　杖を置いて下がれ」

燃え上がる橋を背に、護衛の男が笑っている。油でも撒いたのだろうか、瞬く間に広がる炎は、唯一の橋が消失することを意味していた。

「なんてことを！　これから魔物が来るかもしれないんだぞ？　君だって困るだろう！」

噛みつく商人へ肩をすくめてみせ、猫撫で声で笑う。

「心配しなさんな、俺は渡れるし、あんたらも金さえ払えば渡してやるよ。ああ、俺をどうこうしたら……向こうがどうなるかなあ？」

ちらり、と視線を動かした先には、子どもたちの元へ向かう別の護衛の姿。こちらとあちらから、同時に悲鳴が上がった。

＊＊＊＊＊

魔物の脅威が近づく中、こちら側の戦力が敵に回ってしまった。嫌な笑みを浮かべながら近づく護衛を視界に捉え、怯えた悲鳴が漏れた。唯一子どもたち側に残っていたメイドさんが、震えながらオレたちを建物内へ押し込んだ。

「お嬢様、皆様も走りましょう！　なんとか、逃げて隠れるのです！」

ど、どこへ？　押されるままに2、3歩足を踏み出した時、奥の扉が開いた。

「おいおい、橋もねえのに逃げらんねえよ、面倒なことしないでくれ」

一瞬緩んだメイドさんの表情が再び強ばり、絶望の声が吐き出される。現れた見覚えのある人たちを見て、オレは慌ててラピスへ連絡をとった。

(ら、ラピス？　あの料理人さんはどうしてるの!?)

だってそこにいたのは、彼と麓へ向かったはずの護衛たちだったから。

——だ、大丈夫なの！　何も問題ないの！　生きてるの！

だいぶ不安な通信が返ってきて、冷や汗が流れる。生きているってあえて言うべき情報!? 今すぐ転移して様子を見に行きたいのを堪え、ひとまず目の前の出来事に意識を戻した。

前後を挟まれ、なす術なく足を止めたオレたちは、追い立てられるように再び外へと連れ出された。島でも何やら揉めているのを見るに、オレたちは人質ってことだろうか。

「あんたはここにサインするんだ」

押しつけられた契約書に、メイドさんが顔色を変える。

「そんな、私の勝手な了承では……旦那様はお支払い下さいません！」

覗き込めば、どうも護衛関連の契約書らしい。ただ、その値段が法外なだけで。

「だろうな、払ってくれるといいな。あんたじゃ何年かかるだろうな？　無理なら、護衛なしで頑張ることだ。そっちのお嬢さんと一緒にさ」

うーん。思いっきり黒だけど、証拠がなければ、ただ緊急時に特別契約を交わしただけになる。自分たちの身も危うかったのだと言えば、法外な値段も責められるものではない。こうしてあらかじめ納得した上だと書面にまで残ってしまったら、なおさらだろう。だから、他の目が入らない、こんな山奥の施設を狙ったんだろうか。もしや、今回のイベントの発案そのものが、護衛の方からなのかもしれない。

きっと、カロルス様たちも同じような契約書を渡されているんだろう。猶予《ゆうよ》がないよう、魔物が来るかもしれないタイムリミットが迫る中で。

オレは徐々に暗くなる空を見上げ、遠く黒衣の姿を探した。この世界で、Ａランクの証言は証拠に足るんじゃないだろうか。まだ、『待て』だろうか。

取り急ぎ、今のうちに安否《あんぴ》を確認しなくては。もちろん、カロルス様のことじゃない。

――悪いことしてないの。遅いから急ぐようにしているだけなの。

視線を合わせないラピスから、なんとか例の料理人さんの無事を確認して胸を撫で下ろす。どうやら彼は出発後間もなく、豹変《ひょうへん》した護衛たちに襲われたそう。逃げる際に急勾配で足を踏み外し、お守り《管狐》によって吹っ飛……風に運ばれ、難を逃れた（？）とのこと。

オレ、その時点で連絡して欲しかったな……。『無事に麓まで送り届ける』という任務を遂《すい》行《こう》すべく、ラピス部隊は襲いくる魔物をことごとく消し去り、憐《あわ》れな料理人さんを追い立て、急ぎ下山を促《うなが》しているようで……うん、あとでシロに回復薬を届けてもらおう。

「ユータ、どうして君は……そんな平気そうなの？　魔物だってもう来てしまうよ」

震える声をかけられ、ハッと我に返ってマシュを見上げた。

「カロルス様がいるからね。それに大丈夫、オレだって強いから」

にっこり笑った時、島で動きがあった。どうやら、ボートで大人たちが戻ってくるみたい。契約が成されれば、あとは生かして帰す方が得ということだろうか。顔色は冴えないものの、お互いの無事を確認して双方にようやく安堵の気配が漂った。

一方、今か今かと待ち構えていたオレは、戻ってきた人たちを前に目を瞬かせた。

「……あれ？　カロルス様は？」

戸惑うオレの前に、ぬっと影が落ちた。オレを見下ろし、男が笑う。

「ぼっちゃんは、俺たちと行こうな？　怖いおじさんは留守番だ」

え、そういうこと。目を眇《すが》めて島を眺めると、確かに黒衣の人影がぽつんと立っている。

無造作にこちらへ伸ばされた手をどうしたものかと思った時、ぐいと体が引かれた。

「あっ！　ネリアさん、なぜ！　まだヤツの確認が！」

「これ以上は子どもたちに危険が及ぶと判断する！　皆カロルス殿の方へ走れ！」

バチバチ、とスパークが走って目の前の男が崩れ落ち、勇ましい声を上げたネリアちゃんの顔を照らした。見た目は何も変わっていないけれど、雰囲気が違う。

「仕方ありません！　ユータくん、早く！」

完全に立場が逆であろう青年と少女に驚いているうち、青年はオレを引きずるように引っ張った。色めき立った護衛の男たちが一斉に武器を振りかざし、恐慌《きょうこう》を起こした皆は促されるまでもなく走り出す。

「あっ、ちょっと待って！」

振り返ろうと足を踏ん張って、間髪《かんぱつ》入れずに青年に抱え上げられたのと、少女の小さな悲鳴が上がったのはほとんど同時だった。

既に3人を伸《の》していたネリアちゃんが4人目に魔法を放った瞬間、彼女に向けて鋭く飛来した何か。咄嗟に身を翻したものの、崩れた体勢はどうしようもなく。

「しまった！　ネリアさん！」

オレを放り出した青年が駆けつけようとして、足を止めた。視線の先には、建物の陰から現れた赤髪の男と、弓を放った者、さらに数人。

捕らえられた少女を横目に、青年のこめかみには、たらりと一筋の汗が流れた。

＊＊＊＊＊

湖の橋が燃え、追い立てられるように一度建物の中へ逃げ込んだ子どもたちは、再び島から見える位置に集められていた。あちらに抵抗できる力はない。あからさまに人質だと見せつける行為に、大人たちは項垂れて理不尽な契約書に視線を落とす他なかった。

「やはり……ですが、まだです。ヤツの姿を確認せねば、また逃げられます」

契約書に目を通し、青年は念を押すようにカロルスへ視線をやった。

近頃増えた、護衛契約のトラブル。かねてから目をつけていた冒険者パーティの数人がいると知って、単なる調査目的で潜入したイベントのはずだった。農園主に護衛への不満はなさそうだと空振りを感じていた矢先の、橋の崩落。そして、この通りの有様だ。一気に核心に辿り着いたものの、主犯と思われていたパーティリーダーは一度も見ていない。これでは、下っ端の不始末と切り捨てられるだけだ。

「だけどよ、そいつがここにいなかったらどうすんだよ」

「いいえ、あなたのようなイレギュラーにも対応しているところを見るに、近くで指示をしています」

確信を込めた瞳に、カロルスは面倒そうな色を隠さずため息を零す。

「仕事熱心なことだが、俺らを巻き込まずにやれよ……」

「それは、すみません。ですが、巻き込んでおかなければこの機会を活かせないでしょう。そもそも、私たちも情報収集のつもりで……ここまで思い切り巻き込まれるとは思わず」

国の調査員だと名乗った青年は、すまなさそうに視線を下げた。調査員というのは、皆こういうものだろうか。カロルスの脳裏には『鋼《はがね》』と呼ばれる、とある女性たちが浮かぶ。まあ、少なくとも巻き込んでいなければ、こうして大人しく茶番に付き合うことはしなかったろう。

「ほら、迎えだ！　書いた奴は乗っていい。よかったな？　はした金で子どもは救えるし、魔物からは守ってもらえるんだぞ？　感謝こそすれ、そんな目をされる謂《い》われはないなあ」

笑う男が示す先には、ボートが1艇《てい》。皆が重い足取りでそちらへ向かった。

「おい、あんたは契約書を書いてないだろうが、近づくんじゃねえ」

青年たちに倣ってボートへ足を向けたところで、カロルスに抜き身の剣が向けられた。丸腰だというのに、随分警戒されている。書いてないも何も、そういえば契約書を渡されていない。

「あんたは、留守番だ。なに、子どもは俺たちが大事に連れていってやるから」

男は、取り繕ったように気の毒そうな笑みを向けた。


……一体、何を考えているのか。青年は殴られた痛みを堪えつつ、小さくなっていくカロルスを睨みつける。呑気《のんき》に手など振っている場合ではない。ここで分断されてしまえば、切り札の戦力として使えないではないか。調査員は、あくまで調査員。ある程度はともかく、魔物の群れや、多勢に無勢《ぶぜい》で戦えるほど戦闘能力に長《た》けているわけではない。

どうにか連れていけまいかと、丸腰の彼ひとり置いていくなんてと必死に縋ったが、結果は頬が痛んだだけ。もしや、人目がなくなってから泳いで渡るのだろうか。彼なら、水中の魔物など気にも留めないのかもしれない。ならば、それまで可能な限り穏便《おんびん》に事を進めなくては。

——そう思った矢先の出来事に、青年は内心頭を抱えた。確かに、頼みの綱《つな》であるカロルスの子を攫われてしまえば、協力を得るどころではない。もっとも、あの上司《ネリア》がそんな打算的に動いたとは思えないが。

しかし、とにかくカロルスのところまで、と動いたのは、結果的によかったのか、悪かったのか。あの赤い髪、あの目。元より実力者であったその男。何度も見た調査書の顔。念願の主犯を前にして、しかし青年はこの状況を好転させる術を持っていなかった。

気負った様子もなく近づいてくる一団を前に、とめどなく汗が流れ落ちていく。

「――ねえ、カロルス様は、何か言っていた？」

ふいに引かれた裾を感じ、ハッと落とした視線が、漆黒の光と絡んだ。じっと見つめる瞳は深く澄んで、怯えも不安もない。その時、青年はやっと言付《ことづ》かった言葉を思い出した。

目標人物を捕捉《ほそく》すれば、この子に一言、伝えてくれればいいと。それは確か――。

「『ユータ、よし！』……？」

零れ落ちた不可解な言葉を耳にした瞬間、幼児は鮮やかに笑った。

＊＊＊＊

その言葉で、頭の先から一気に光が走った。オレの全身にさざ波のようにエネルギーが行き渡る。意識するより早く、体は低く地を蹴っていた。

膝で少女を押さえつけた男と、ほんの一瞬、間近く視線が絡む。にこ、と笑ったのが分かったろうか。沈んだ姿勢から後ろへのけ反るように、思い切りばねを利かせて足を振り上げる。オレでしか成し得ない、超低位置からの全身を使った蹴り上げ。まともに顎に入った男は、オレが一回転して着地した時には、声もなく崩れ落ちていた。

彼らの驚愕の表情が、みるみる憤怒《ふんぬ》に変わる。一方ずっと『待て』をやっていたオレは、解放された嬉しさが会心の笑みになって弾けてしまう。

カロルス様が魔法使いだから、オレはそれ以外担当ってことだよね！

「双短剣ユータ、行くよっ！」

だけど鞘は抜かない。きっと、躊躇ってしまうから。

軽いステップで躱《かわ》す矢は、ラピス部隊より遅いくらいだ。こんな直線的な攻撃、当たらないよ。ざっと視線を走らせれば、ボスっぽい赤髪の人を合わせてあと８人。

「お兄さん、オレが守るから大丈夫、みんなのところへ走って！」

ネリアちゃんを助け起こした青年に声をかけ、左右から迫る剣を受け流す、受け流す。ざくり、と相手の剣が地面を割った隙に、オレのマントは鋭く円を描いた。回転の力を一点に込めて、みぞおちを抉り込む右手の短剣。同時にその柄を正確に叩く左手の柄。丸くなって膝を突く男の下からするりと抜け出し、背中を踏み台にもう1人のこめかみを蹴り抜いた。

青年がその場を離脱しているのを確認して、オレも徐々に湖の方へ後退していく。とにかく、カロルス様やみんなと合流してから事を進めたい。幸い、残りはオレを侮れぬと踏んだらしい。一旦距離を開けたのを幸いに、無事湖のほとりへ合流した。

さっそくカロルス様をこっちへ……と思ったのだけど。

「おらぁ！　面倒くせえ！」

長い足が凶器となって空を裂き、その都度獣が彼方へ吹っ飛んでいく。鹿みたいな魔物を掴んでは振り回し、他の魔物を吹っ飛ばして……。うわぁ、これぞ襲いくる魔物をちぎっては投げ、ちぎっては投げ……ってやつだろうか。そりゃあみんなの顔もそんな風になるってものだ。

『とか呑気なこと言ってる場合じゃないでしょ？　魔物来ちゃってるじゃない！　もう湖を越えて来ちゃうわよ？』

それはそう。みょんみょんと伸び縮みするモモに頷いたものの、魔物たちが魔力と臭いの発生地である島に一旦上陸するおかげで、こっちに来ない。とりあえず魔物打ち止めまでそこで頑張っていただいて……とか考えていたのがバレたんだろうか。

「おいユータ、のんびり見てんじゃねえよ、杖寄越せ！」

杖？　と首を傾げたところで、我に返った青年がボートの脇へ駆けていった。男たちが値打ちものだろうと持ってきたはいいものの、あんまり重いのでその場に放置したらしい。

「これだ！　これを彼に——重っ⁉」

勢いよく持ち上げた青年が、つんのめって取り落とした。

「ありがとう。じゃあシロ！　カロルス様に持っていって！」

ウォウッと喜び勇んで飛び出してきたシロに、今まで石像みたいに微動だにしなかった皆が、悲鳴を上げてひっくり返った。召喚獣だから！　犬だから！　大丈夫大丈夫、なんておざなりに説明する中、シロはしっぽを振り振り杖を咥えて助走を取った。

『見ててね！　行くよ！』

水色の瞳が閃《ひらめ》いた、と思った時には、白銀の流星が湖に向かっていた。中ほどで一度だけ空を蹴り、見事に島へ着陸。くるりと振り返って視線を合わせ、ぱあっと笑う。見てたよ、と手を振ると、背筋を伸ばし、首を上げていそいそカロルス様の元へ向かった。

「犬が……空を」「え？　あれ？　あの杖、めちゃくちゃ重くて……？」

ぼそぼそ呟かれる声も、時折、咥えた長い杖に魔物が弾き飛ばされているのも、聞こえないし見なかったことにしていいだろう。

「おう、ありがとな。イイコだ」

相好《そうごう》を崩して、大きな手が荒っぽくシロを撫でる。つい、うずっとしてしまう自分に苦笑して、大きく手を振った。

「カロルス様――！　ええと、魔法、使うの？」

オレが、とは言わずに尋ねた問いには、肯定と否定が返ってきた。

「使うぞ、離れてろ！　あ、シールド張ってろよ？」

にやり、と不敵な笑みに、ブルーの瞳に、ちらちら炎が揺れる。……これは、ダメなやつ。

一体どうするんだろうと見つめる中、杖を構えた姿はどう見ても剣士。まあ、杖でも鈍器代わりにはなるだろう。飛びかかる魔物を大きく踏み込んで避けた時、ふっと呼気の音が聞こえた気がした。先端を下げた下段の構えから、手首を返して――

「え、上……？」

思わず見上げた先は、空。右手一本のフォロースルーは、大きく上空へ半月を描いて地面まで到達している。うん、どう見てもそれ剣技だよね。杖だけど？　アリなの？

そもそもなぜ、空へ剣技を？　と疑問がよぎったのが先か、顔を引きつらせたのが先か。ゴッと衝撃がシールドを揺らす。湖からはミリミリ、と何かが軋むような音と、斬撃《ざんげき》を弾いた音。

『なんでそうなるのよ……』

『すごいね！　かろるす様、魔法使えるんだね！』

モモの呆れた声と、シロのはしゃぐ声がする。恐る恐る視線を上げて、声をなくした。だってそこには、きらきら霜《しも》の下りた周囲と、凍りついた1本の道が出来上がっていたから。

「どうだ、氷魔法だ！」

悠々と湖を渡って、カロルス様はにっと得意げに笑ったのだった。


「――おかしいよ、あんなの！　そもそも剣じゃないし！　どうなってるの⁉」

納得いかない。思い返してぷりぷり怒るオレを、大きな手が宥めるように撫でている。

「知らねえよ、上に放ったらああなんだよ」

ブーメランのように己の元へ戻ってくる剣技、その応用らしい。念のためみたいにシールド張れって言ったけど、張ってなかったら全滅じゃない⁉　あの護衛たちみたいに！

すっかり忘れていたけど、オレたちがカロルス様に気を取られているうちに、付近まで回り込まれていたらしい。ついでで討伐された彼らは、捕縛《ほばく》して建物内に放り込んである。魔物はアレであらかた片付いたし、料理人さんが無事に（？）麓に着いたみたいだから、そのうちギルドが動くだろう。事情を聞かなきゃいけないので、多少の回復魔法はサービスだ。

まだ時折魔物はやってくるけれど、オレたちは一晩明けて帰路についていた。もちろん、昨夜はご馳走《ちそう》だ。シンとした車内が気になるけれど、きっとホッとして気が抜けたんだろう。

「は、はは。あのカロルス殿がいるならどうとでも、と思ってはいたが、あれほどとは……」

ネリアさんが無理矢理口角を上げて、乾いた笑みを零す。どう見ても少女だった彼女は、遠く森人などの血が入っているらしい。とうに成人済みだとか……。

「最初から、カロルス様ってバレてたんだね」

「いや、さすがに魔法使いの格好では分からなかったさ。只者ではないと思ったが」

変装の効果は上々だったらしい。バレてしまったのは名前と雰囲気の一致という点のみで、まさかの本人へ突撃に行くというネリアさんの行動あってのこと。

『で、それでもまだ魔法使いの体《てい》でいくのね』

カロルス様が楽しげに杖を振る――今度は、いかにも魔法使いらしく。そして、抱えられたオレが魔法を放つ。

「はは！　魔法は楽でいいな！」

楽なのはカロルス様が魔法を使ってないからですけど！　嬉しげな様子は、まるでおもちゃをもらった子どもみたいだ。どうもマンドラゴラやら剣技連発やらで、魔素や魔力が乱れて魔物が落ち着かないらしい。行きは大して出なかったのに、今になって割と出てきている。

『迷惑……』

ぼそりと呟かれた蘇芳の台詞は、その……きっと魔物に向けてのものだよね？

「規格外の息子は、やっぱり規格外なんだな……いやはや、この目がまだ信じられないよ」

「あの、不思議に思ってたんですが、この不自然な道も、もしかして……？」

ちら、とオレを見る青年から必死に目を逸らす。オレは、知らない。決してオレではない。

そういえばラピスが料理人さんを急がせるとかなんとか……ううん、そんなことは聞いていない。あのかわいい純白のふわふわが、こんな麓まで続く森林破壊の痕跡を残すはずがない。

『でも、おかげでちゃんとぼくの車で進めるよ！　色々楽しかったね！』

振り返ったシロが、ぱっと笑う。途端に、トラブル続きだったマンドラゴラ狩りが、楽しかった思い出に変わった。

「確かに！　いっぱいマンドラゴラ採れたし、土豚に乗れたし、カロルス様の剣……魔法も見られたし！　色々楽しかったね！」

オレの笑い声が、小鳥のさえずりみたいに軽やかに空へ広がった。

「おう、飯も美味かったし、のんびりして、体動かして、楽しかったな」

ぐっと体を伸ばして頭の後ろで手を組み、カロルス様がにっと笑う。対するネリアさんと青年の乾いた笑みは、まるで顔に貼りついてしまったよう。

「楽し……いや、よく考えてみれば怪我ひとつなく……」

「確かにごはんは美味しくて、マンドラゴラは大量に手に入ったわ……」

「もしかして、案外悪くは、なかった……？」

そうだよ、結果よければ、ってやつだよ。なんだか混乱を極めた表情をした皆に少し微笑んで、そうっと点滴と回復を施しておく。怖かった記憶を、少しでも柔らかく。最後がご機嫌なら、きっとこれも思い出になるはず。穏やかになった表情を見て、ふわりと笑った。

『これが、極限状態でのマインドコントロールなのね』

『恐ろしいぜ主……さすが天使教教祖だな！』

どっちも！　どっちも違いますぅ!!　オレは腹立ち紛れに勢いよく分厚い背もたれに倒れ込んだ。今回、やらかしたのはオレじゃないから、怒られるならカロルス様だよね。

「カロルス様は大人だけど、オレより色々やらかすよね！」

いつもオレばっかり怒られる仕返しとばかりに見上げると、むにっと頬がつままれた。

「あのなあ、全部お前が来てからって分かってんのか」

にや、と笑う顔が見下ろして、垂れた一房の髪がオレのほっぺをくすぐった。

「ひあうよ、元からでしょう！」

オレのせいにしようったってそうはいかない。つまむ手を押しのけ、お返しのように小さな手でざりざりと顎を撫でる。

「あー、まあ、昔はな。若かった頃の話だ。最近は落ち着いてたんだよ！　戦うこともねえし、剣技なんざなおさらだ。もう腕も錆びついたと思っていたんだが。フツーの領主だったろ？」

そんなわけないでしょう。それ、『普通』に謝れ！　って言われるやつだよ。

いつか誰かに言われた台詞を思い出しながら、だけど気のせいだろうか。確かに、出会った当初より、今の方が強者のオーラがあると思う。でも、オレだってこの世界に来た早々はか弱い幼児だったんだから、断じてそれはオレのせいでは——

と、思考を遮るように、ぎゅうと締まった腕に顔を上げた。

「……怖いと思うことなんざ、なかったんだよ。平和ボケもいいとこだ」

唇の端を上げた顔を見つめ、どくんと胸が波打った。

カロルス様、笑えてない、笑えていないよ、それは。

そんな瞳は見たことが……いや。最近は見たことがない、と気がついた。

オレは、大きく息を吸い込んで、思い切り笑った。

「大丈夫だよ！」

ぐっと金の頭を抱き寄せて、小さな手で撫でてあげる。

「怖いことから、オレが守ってあげる。オレは、強くなったでしょう？」

「……そうだな。お前にしか、守れねえよ」

くそ、と呟いた声。巻きついた腕が強くて、息苦しい中くすくす笑う。

ごめんね、なんて言わないよ。だってオレ、強くなったから。その言葉は、カロルス様を守らないって知っているから。

「怖くなるまで、側にいてあげる。大丈夫、オレは強いよ」

腕の中、小さな胸に顔を埋める英雄に繰り返し、そっと笑った。撫でる小さな手が掴み取られ、ちらりと覗いたブルーの瞳が、どこか拗ねたような顔をする。

「……俺だって、強いぞ。１００年早いって言ったよな？」

幼児に抱え込まれ撫でられながら、そんなことを言う英雄にきゃらきゃらと笑った。

「知ってるよ！　カロルス様は強くて、格好いいよ！　だけど、ねえそれって――」

オレは、ブルーの瞳をじっと見つめた。

「オレのおかげってことだよね！　今の強いカロルス様がいるのは！」

感謝してよね、とにんまり笑うと、一瞬虚を突かれたカロルス様が、くしゃりと崩れた。大層悔しげな顔で、抑えきれない笑みが零れていく。

「くそ、この野郎……！　ああそうだよ！　どうだ、お前が好きな俺だろう？」

強い光を帯びたブルーの瞳が、ひたとオレと視線を絡めてにやりと笑う。うん、完璧だ。

ちょっとばかりはにかみながら、オレはしっかりと頷いたのだった。

あとがき

ユータ：なんと、皆さまのおかげでもう15巻だよ！　本当にありがとうございます!!　今回は成長著しいお話だよね。学校で活躍したり、お酒を飲んだり！

タクト：飲んでねえよ……。

ラキ：飲んでないね〜。可愛かったけど、僕らの前だけにしてね〜？

ユータ：……。成長著しいってのは間違いないでしょう！　だってキースさんにも認めてもらったし、1年生のお世話をしたり。ランクアップだって！

プレリィ：ふふ、本当に凄いよ。その年でもういっぱしの冒険者だものね。

ニース：はあ、俺たちはこの年でまだくすぶってんのか……。

ルッコ：くすぶってない！　現在進行形で燃え上がり中よ!!

リリアナ：労多くして功少なし。

ルッコ：いやぁ！　そんなこと言わないでぇ！

ユータ：で、でもDランクって結構すごいことだよ！

タクト：お前が言ってもなあ……。

キルフェ：このパーティ、これで大丈夫なのかねぇ……。

つい先日10巻だった気がするのに、随分早いものです。お話を続けられるのは、こうして手にとって下さる皆さまのおかげに他なりません。本当にありがとうございます！

今回は学生として、冒険者として、少し成長した彼らを楽しんでいただけたかと思います。戦闘シーンが割に多めになりましたが、ユータたちは相変わらずです。本文でも触れましたが、子どもって確かに身体は弱いですが、心は決して弱くはないんですよね。だから、耐えてしまう、その柔らかい心がどんな形に変えられようと。耐える以外の方法を知らない、ということもありますが……。成長を『守る』というのは、並大抵のことじゃあ成し得ない。子どもと関わる全ての方へ、感謝と尊敬を捧げずにはいられません。

そして、今回の書き下ろしは、皆さん大好きカロルス＆ユータ！　頂く感想やツイッターでも特にカロルス人気が高いようなので、この二人の活躍をば！　私自身も楽しんで書かせていただきました。感想やご要望は、ぜひお伝え下さいね。反映できることもありますから！

最後になりましたが、今回も素敵なイラストを描いて下さった戸部　淑先生、そして関わってくださった皆さまへ、心より感謝致します。

＊画像の管狐は6月30日をロクサレンの日、として行ったプレゼント企画のものです。

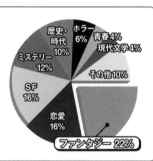

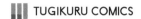

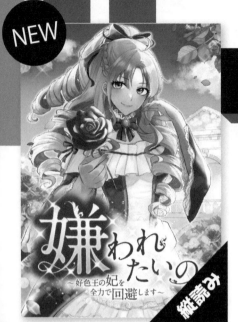

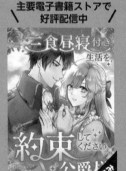

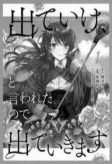

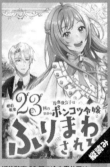

ツギクルブックス

愛読者アンケートに回答してカバーイラストをダウンロード！


愛読者アンケートや本書に関するご意見、ひつじのはね先生、戸部淑先生へのファンレターは、下記のURLまたは右のQRコードよりアクセスしてください。

アンケートにご回答いただくとカバーイラストの画像データがダウンロードできますので、壁紙などでご使用ください。

https://books.tugikuru.jp/q/202308/mofushira15.html

本書は、「小説家になろう」（https://syosetu.com/）に掲載された作品を加筆・改稿のうえ書籍化したものです。

もふもふを知《し》らなかったら人生《じんせい》の半分《はんぶん》は無駄《むだ》にしていた15

2023年8月25日　初版第1刷発行

著者　ひつじのはね

発行人　宇草 亮
発行所　ツギクル株式会社
〒106-0032　東京都港区六本木2-4-5
TEL 03-5549-1184
発売元　SBクリエイティブ株式会社
〒106-0032　東京都港区六本木2-4-5
TEL 03-5549-1201

イラスト　戸部淑
装丁　AFTERGLOW

印刷・製本　中央精版印刷株式会社

ISBN978-4-8156-2269-5
Printed in Japan